Angela Gerrits

Foulspiel

CARLSEN

Für Janne

FSC
Mix
Produktgruppe aus vorbildlich
bewirtschafteten Wäldern und
anderen kontrollierten Herkünften

Zert.-Nr. SGS-COC-1940
www.fsc.org
© 1996 Forest Stewardship Council

Veröffentlicht im Carlsen Verlag
September 2007
Mit freundlicher Genehmigung des Thienemann Verlages

Umschlagfoto: pixelquelle.de
Umschlaggestaltung: Christine Kleicke und Hartwig Otto
Corporate Design Taschenbuch: Dörte Dosse
Gesetzt aus der Stone Serif und City
von Dörlemann Satz, Lemförde
Druck und Bindung: GGP Media GmbH, Pößneck
ISBN 978-3-551-35608-6
Printed in Germany

Foulspiel

Angela Gerrits wurde in Bremen geboren. Nach dem Studium arbeitete sie als Dramaturgin am Theater in Passau. Sie hat zahlreiche Hörspiele geschrieben, darunter viele Kinder- und Jugendkrimis. Angela Gerrits lebt als freie Autorin in Hamburg.

1

Eine Woche nach ihrem sechzehnten Geburtstag war Jenny der glücklichste Mensch der Welt.

Eine weitere Woche später saß sie wegen Mordverdachts in Untersuchungshaft.

»Wegen gefährlicher Körperverletzung«, lächelte Herr Schlichtegroll milde, »noch ist die Frau ja nicht tot.«

Das war also ihr Anwalt. Er sah teuer aus. Dunkelblauer Anzug mit Weste, weißem Hemd und dezenter Krawatte. Er wirkte leicht aufgedunsen und seine Weste spannte über dem Bauch. Er sah aus wie die Anwälte im Fernsehen, die mit dem Satz »Mein Mandant sagt gar nichts mehr« aus dem Nichts bei der Polizei auftauchten. Und genau so war er aufgetaucht. Aus dem Nichts. Wer hatte ihn geschickt? Ihre Mutter bestimmt nicht.

»Aber keine Sorge. Sollte sie sterben, kriegen Sie höchstens Totschlag. Vertrauen Sie mir.«

Er glaubte ihr kein Wort, das sah Jenny ihm an.

»Ich war's nicht«, sagte sie matt zum soundsovielten Mal. Sie fror. »Haben Sie vielleicht eine Zigarette für mich?«

Herr Schlichtegroll zog die Augenbrauen hoch und schüttelte streng den Kopf. »Meine liebe Jenny ...«

»Einen Mord trauen Sie mir zu«, fauchte Jenny, »aber rauchen darf ich nicht?«

Herr Schlichtegroll nahm eine Packung Zigaretten aus seiner Aktentasche und reichte sie ihr. »Aber verraten Sie mich nicht!« Er beugte sich zu ihr über den Tisch und gab ihr Feuer.

Er war der erste Mensch, der sie siezte. Ob es daran lag, dass er sie für eine Mörderin hielt?

Die Zigaretten waren alt. Mandanten-Zigaretten. Mörder-Zigaretten. Ganz langsam pustete Jenny Herrn Schlichtegroll den Rauch ins Gesicht. Das hatte sie mal im Kino gesehen.

Herr Schlichtegroll lehnte sich auf dem Stuhl zurück und faltete die Hände über dem Bauch. Seine Hände waren Jenny sofort aufgefallen, denn sie waren für den Rest des Körpers zu schlank. Und sie waren gepflegt. Maniküregepflegt.

»Es war Notwehr, habe ich Recht?« Herr Schlichtegroll hustete. »Ich meine, es könnte doch zumindest ein kleines bisschen Notwehr gewesen sein. Nur ungefähr so viel!« Fast bittend deutete er mit zwei Fingern einen Zentimeter an.

Es roch nach Schweiß. Jenny klemmte die Arme zusammen. Sie hatte seit letzter Nacht die Kleidung nicht gewechselt. Sie hatte gestern Nachmittag zuletzt geduscht.

»Ich weiß nicht, ob es Notwehr war«, sagte sie, »denn ich war ja gar nicht dabei.«

Herr Schlichtegroll schüttelte den Kopf. »Kindchen, Kindchen«, seufzte er. Dann beugte er sich vor und lächelte gequält. »Ich bitte Sie. Sagen Sie mir wenigstens endlich, woher Sie das Opfer kennen.«

»Ich kenne sie nicht.«

»Sie standen also ganz plötzlich und ohne Ihr Zutun in ihrer Wohnung. Bestimmt erzählen Sie mir jetzt noch, man hätte Sie dorthin entführt. Mit verbundenen Augen, nehme ich an.«

»Ich kenne sie durch den Unfall.«

»Sie lügen«, sagte Herr Schlichtegroll scharf.

Für einen kurzen Moment verschwammen seine Konturen. Jenny schloss die Augen und atmete durch. Vielleicht sollte sie ihm erzählen, was mit ihr los war. Vielleicht käme sie dann auf die Krankenstation. Die Vorstellung, dass man sie in die Zelle zurückführen würde, schnürte ihr die Luft ab. Alles war besser als die Zelle. Sogar dieser muffige, fensterlose Raum war erträglicher. Sie versuchte sich an die Krankenstationen in Fernsehkrimis zu erinnern, aber es fiel ihr keine einzige ein. Die Verdächtigen im Fernsehen waren immer gesund.

»Warum belügen Sie mich? Sie wohnen mit Ihrer Mutter erst seit kurzem in Hamburg. Und das Opfer hatte den Unfall schon vor Wochen.«

»Ich meine den Fahrradunfall.«

Herr Schlichtegroll lehnte sich schnaufend zurück. »Welcher Fahrradunfall? Wollen Sie mir jetzt auch noch erzählen, die Frau sei Fahrrad gefahren?«

»Nein, verdammt! Ich meine ja auch nicht sie, ich meine ...« Jenny stockte und fuhr sich mit beiden Händen durchs Gesicht.

»Ja?«

»Ich meine Marco«, sagte Jenny leise.

Herr Schlichtegroll betrachtete Jenny aufmerksam. »Marco«, wiederholte er bedeutungsvoll. »Wer ist Marco?«

Jenny schob die Haut auf ihrem rechten Mittelfinger hin und her, als könnte sie so den weißen Streifen beseitigen. Sie wollte nicht mehr reden. Sie war plötzlich sehr müde. Sie wollte nur noch schlafen, und wenn sie aufwachte, war alles nur ein böser Traum …

2

Jenny steckte den Mittelfinger vorsichtig in den Ausguss. Ihre Fingerspitze berührte etwas Glibberiges. Sie zuckte zurück.

Eine dicke Frau zwängte sich am Waschtisch vorbei zu den Toiletten und rempelte sie an.

Das Glibberige war grünlich grau. Der Ring hob sich silberglänzend ab. Er lag auf einem Metallstäbchen. Eine falsche Berührung und er war weg. Das wäre das Schlimmste, denn Jenny hatte ihn vor fünf Jahren von Tina zum elften Geburtstag geschenkt bekommen. Es war ein Freundschaftsring. Er war ihr beim Händewaschen einfach vom Finger gerutscht. Daran war der Umzug schuld, das stand für Jenny fest. Sie wollte nicht weg, aber ihre Mutter musste ja unbedingt den neuen Job in Hamburg annehmen. Ihre Mutter glaubte wahrscheinlich, dass sie aus Protest gegen den Umzug in den letzten Tagen so wenig gegessen hatte. Aber das stimmte nicht, sie hatte einfach nur keinen Hunger gehabt, dabei fand sie sich ohnehin schon zu dünn. Wie gerne hätte sie etwas mehr Fett auf den Rippen gehabt. Natürlich nicht so viel wie die dicke Remplerin, aber so wie

Tina, die mit ihren sechzehn Jahren schon eine richtige Frau war. Sie war groß und kräftig, und die Jungen klebten an ihr. Jenny hingegen schien in den Augen der Jungen nur überflüssiges Beiwerk zu sein, wenn sie neben Tina auf dem Schulhof stand, im Schwimmbad neben ihr lag oder in der Disco in ihrer Nähe tanzte. An ihr blieben die Blicke nicht hängen. Sie erntete höchstens dumme Sprüche. Sieht aus wie Schneewittchen, kein Arsch und keine Tittchen. Das war noch das Harmloseste und Originellste. Und jetzt hatte sie auch noch abgenommen. Missmutig betrachtete Jenny ihr Spiegelbild. Ihre Nase war ganz spitz und sogar ihre Haare kamen ihr dünner vor. Sie hingen strähnig bis zum Kinn. Jenny verstand nicht, wieso Tina sie darum beneidete, dass sie klein und zierlich war. Sie verstand nicht, wieso Mädchen sich extra mager hungerten. Das verstand sie einfach nicht.

Jenny steckte den Finger ein zweites Mal in den Ausguss. Sie berührte den Ring mit der Fingerkuppe und zog ihn langsam am Ausgussrand hoch. Jetzt wird alles gut, dachte sie erleichtert. Zwei Jahre Hamburg würde sie schon irgendwie durchstehen. Mit achtzehn könnte sie dann nach Münster zurückgehen, mit Tina eine Wohnung suchen und anfangen zu studieren. Und am Samstag würde Tina sie in Hamburg besuchen kommen, das hatte sie ihr hoch und heilig versprochen. Jenny zählte. Sechs Tage noch. Im Moment kamen ihr sechs Tage wie eine Ewigkeit vor. Sie wusch den Ring ab und setzte ihn auf den rechten Mittelfinger zurück.

Die beiden Kiezgrößen vor der Davidwache, stand unter dem Foto. Karen stutzte. Musste es nicht »Davidswache« heißen? Fehlte da nicht ein »s«? Von »Davidswache« hatte sie jedenfalls schon mal gehört. Sie legte den Regionalteil des *Hansekuriers* auf den Beifahrersitz und kringelte die Stelle ein. Das kommt auf die Liste mit Fragen, sagte sie sich.

Die Liste mit Fragen zu ihrem neuen Job in Hamburg war lang. Nein, das, was sie in Hamburg erwartete, war mehr als ein Job. Es war eine Festanstellung, die erste ihres Lebens, und darauf war sie stolz. Sie war stolz darauf, nicht mehr jeden Job annehmen zu müssen, um den Unterhalt zu sichern und ihrer Tochter in zwei Jahren ein Studium finanzieren zu können. Sie war stolz darauf, Schlussredakteurin bei einer großen Tageszeitung zu sein. Die Texte nach Fehlern zu durchforsten und dann, wenn alle anderen längst im Feierabend waren, die Zeitung zu aktualisieren, wenn noch wichtige Meldungen über den Ticker kamen, diese Aufgabe liebte sie. Es war eine verantwortungsvolle Aufgabe, denn sie allein entschied dann, ob etwas wichtig genug war, um am nächsten Tag in der Zeitung zu stehen.

Karen guckte zum Eingang der Toiletten. Wieso brauchte Jenny so lange? Wenn sie nicht bald weiterfuhren, war der Umzugswagen vor ihnen da. Gehörte es vielleicht zu Jennys Umzugsblockadeverhalten, dass sie ewig auf der Toilette saß? Zum Glück war ihre Sturheit die einzige negative Eigenschaft, die Jenny von ihrem Vater geerbt hatte. Um die langen Wimpern beneidete sie sie.

Karen guckte in den Rückspiegel. Ihre Stummelhärchen um die Augen waren ungeschminkt. Sie sah blass, müde und langweilig aus. Und direkt auf ihrem Mittelscheitel glänzte ein silbernes Haar. Seine braunen Haare werden auch schon grau, dachte sie. Irgendwann musste sie Jenny von ihm erzählen. Aber jetzt noch nicht. Jetzt war sie noch zu jung.

Jenny öffnete die Beifahrertür.

Karen erschrak.

»Verstopfung«, sagte Jenny und stieg ein, ohne ihre Mutter anzusehen. »Das dauert eben.«

Karen ließ den Motor an und fuhr auf die Autobahn zurück. Verstopfung. Eine Erklärung immerhin. An diese Möglichkeit hatte sie gar nicht gedacht. »Ist ja auch kein Wunder, wenn du nichts isst.«

»Wenn ich nun mal keinen Hunger habe?«

»Erzähl mir nichts. Das machst du extra, ich kenne dich doch.«

»Ach ja?«

»Ach ja.«

»Na, dann weißt du ja, wie es mir geht.«

Jenny verschränkte die Arme und guckte demonstrativ aus dem Beifahrerfenster. Gar nichts wusste ihre Mutter. Oder es war ihr egal. Wie konnte sie nur so egoistisch sein? Wegen eines festen Jobs! Sie waren die letzten sechzehn Jahre doch ganz gut klargekommen. Zugegeben, das Geld war ständig knapp, Extras waren kaum möglich und für ihr edles Sportrad musste sie ein Jahr lang morgens vor Schulbeginn Zeitungen austragen gehen. Aber das war immer noch besser, als für ein bisschen Geld mehr im

Monat alles aufzugeben. Und das, obwohl ihre Mutter noch nicht mal wusste, ob sie die Probezeit bestand.

»Wollen wir heute Abend den Pizzaservice bestellen?«, fragte Karen.

Jenny zuckte gleichgültig die Schultern, aber die Vorstellung gefiel ihr, denn Pizzaservice bedeutete: auf dem Boden vorm Fernseher sitzen, faulenzen, Luxus. Mit Tiefkühlpizzen war es einfach nicht dasselbe.

»Und sobald die Umzugsleute weg sind, schließen wir den Fernseher an. Und sind nur noch faul. Was hältst du davon?«

Jenny nickte knapp.

Am Autobahnkreuz bog Karen Richtung Elbtunnel ab.

»Ist das nicht herrlich?«, seufzte sie nach einer Weile schwärmerisch und deutete mit einer Rundumhandbewegung auf den Hafen, die Schiffe, die Containerterminals und die riesige, an Stahlseilen hängende Köhlbrandbrücke.

Groß, dachte Jenny. Das ist alles sehr groß. Aber herrlich? Sie erinnerte sich an die Klassenfahrt vor fünf Jahren nach Hamburg. Sie waren über genau diese Brücke gefahren und ihr war schlecht geworden. Sie hatte neben Tina im Bus gesessen, ein Taschentuch vor dem Mund, die Augen geschlossen ...

»Keine Sorge, wir fahren durch den Elbtunnel«, erriet Karen Jennys Gedanken.

Die Höhenangst hatte ihre Tochter von ihr. Allerdings war ihr bei der Vorstellung, unter der Elbe durchzufahren, auch noch nie wohl gewesen. Doch das sagte sie lieber nicht, um Jenny nicht zu beunruhigen.

Kurz darauf wurde ihr flau im Magen, denn mitten unter der Elbe kam der Verkehr zum Stillstand.

»Kann man sich kaum vorstellen, dass über uns die Schiffe fahren«, staunte Jenny. »Dass das hält!«

Halt einfach die Klappe, Süße, dachte Karen.

»Findest du das nicht verrückt?«

»Doch, doch.«

Was war jetzt schon wieder? Hatte sie irgendetwas Falsches gesagt? »Bist du nervös wegen dem Stau?«, fragte Jenny.

»Wegen *des Staus*, herrje!«

Karen stellte das Radio an. Sie hoffte auf Verkehrsnachrichten, denn wenn sie wenigstens wüsste, warum sie hier im Stau standen, wäre es vielleicht weniger schlimm.

Es lief eine Sportsendung. Der Moderator beglückwünschte den Mannschaftskapitän Joachim Sander zum Einzug ins DFB-Pokalfinale.

»Joachim Sander, bleiben Sie trotz dieses Erfolges bei Ihrer Entscheidung? Wird das Endspiel im Mai definitiv Ihr letztes Spiel sein?«

»Definitiv«, antwortete Sander entschieden.

»Muss das sein?«, maulte Jenny.

»Scht.« Karen zog konzentriert die Augenbrauen zusammen und stellte das Radio lauter.

»Vierhundertsiebenunddreißig Bundesligaspiele und zahlreiche Einsätze in der Nationalmannschaft: Die fünfzehn Jahre Ihrer Laufbahn waren sportlich gesehen eine einzige, ungetrübte Erfolgsstory. Was ist Ihr Erfolgsrezept?«

»Seit wann interessierst du dich für Sport?« Jenny drückte sich schlecht gelaunt in den Beifahrersitz.

»Das einzige Erfolgsrezept, so es denn eins gibt, heißt schlicht Harmonie«, sagte Sander gespreizt, »sowohl beruflich als auch privat.«

Karen schnaubte verächtlich.

»Apropos privat«, schnappte der Moderator zu, »wann ist es denn so weit?«

»Du rollst«, sagte Jenny.

»In zwei Wochen ist Stichtag«, sagte Sander stolz.

»Stopp!«, schrie Jenny.

Karen trat auf die Bremse. Beide machten einen Ruck nach vorn. Der alte Fiat stoppte einen Fingerbreit vor der Stoßstange des vorderen Wagens.

»'tschuldigung.« Karen stellte das Radio aus und schloss die Augen.

»Was ist denn los? Ist dir nicht gut?« Jenny guckte ihre Mutter prüfend an.

Karen zwang sich zu einem Lächeln. »Alles bestens«, sagte sie leise.

Zehn Minuten später hatten sie den Elbtunnel hinter sich gelassen. Die Sonne schien, der Himmel war fast wolkenlos.

Karen atmete auf. »Siehst du?«, sagte sie und nickte vor sich hin. »Du wirst schon sehen.«

Jenny fragte nicht nach. Im Moment konnte sie sowieso nichts mehr ändern. Sie würde sich diese Stadt und ihre neuen Mitschüler, so gut es ging, vom Leibe halten, und in zwei Jahren … Aber vielleicht waren ihre Freunde in zwei Jahren längst weg. Sie käme nach Münster zurück und wäre dort genauso allein wie hier. Das wäre immerhin möglich. Sehr wahrscheinlich sogar. Nein, darüber wollte sie jetzt nicht nachdenken. Außerdem hatte Tina ihr versprochen, in Münster die Stellung zu halten. Und auf Daniel konnte sie ebenfalls zählen, er würde die Stadt garantiert nie verlassen, sondern dort studieren und anschließend die Apotheke seines Vaters übernehmen.

Daniel war knapp einen Kopf größer als sie, hatte freundliche kleine Knopfaugen und eine rundliche Figur. Er war ihr erster Freund gewesen und sehr lieb und aufmerksam und mit Sicherheit der gutmütigste Mensch der Welt, aber als er unbedingt mir ihr schlafen wollte, hatte sie Schluss gemacht. Sie mochte ihn, sehr sogar, aber nicht genug. Dabei hatte sie nur eine vage Vorstellung davon, was »genug« sein mochte. Tina hatte schon mit zwei Jungen geschlafen und damit sogar einen Vergleich. Zu Jennys Freude hatte Tina sich über die beiden gnadenlos lustig gemacht. Sie waren vor Lachen von Tinas Sofa gerutscht, als sie erzählte, dass sich der eine nur unter der Bettdecke auszog und hinterher sofort unter der Dusche verschwand und der andere nach gefühlten drei Sekunden kurz aufstöhnte und dann entkräftet in ihr Kissen sank. Doch sosehr Jenny sich in dem Moment, in dem Tina es erzählte, amüsierte, so schrecklich fand sie es später, wenn sie darüber nachdachte. So etwas passiert nur, wenn es nicht der Richtige ist, das war Jennys feste Überzeugung. So etwas wollte sie auf keinen Fall, auch wenn sie wieder nur eine vage Vorstellung davon hatte, wodurch sich der Richtige auszeichnete. »Das merkst du, wenn er vor dir steht«, hatte ihre Mutter ihr einmal gesagt. Seitdem vertraute Jenny darauf. Und schöne Hände musste er haben. Das war das Wichtigste.

Karens Mailbox piepte. Mit einem Griff zog sie ihr Handy aus der Handtasche auf dem Rücksitz.

»Telefonieren während der Fahrt ist verboten.« Jenny deutete auf den eingedrückten Polo, an dem sie vorbeifuhren. »Weil sonst nämlich so was passiert.«

»Scht!«, zischte Karen und presste das Handy fester ans Ohr. Dann warf sie es mit düsterem Blick auf den Rücksitz.

»Ist was?«, fragte Jenny.

Karen schüttelte den Kopf. Bis zur Ankunft vor ihrer neuen Wohnung sagte sie nichts mehr.

Jenny hatte die Wohnung erst einmal gesehen, vor vier Wochen, als die Vormieter noch hier wohnten und alles mit Möbeln voll gestellt war. Jetzt kam sie ihr seltsamerweise viel kleiner vor.

Ihr neues Zimmer war fast quadratisch. Das Fenster ging zur Straße. Direkt gegenüber auf der anderen Straßenseite standen Altglascontainer, die hatte sie das letzte Mal gar nicht bemerkt.

Sie stellte sich ihr Zimmer in Münster vor. Es war doppelt so groß, jedenfalls fast, und es ging nach hinten zum Garten raus. Demnächst wohnte dort eine Familie mit Kleinkind. Was wollte ein Kleinkind mit einem Zimmer, das fast doppelt so groß war wie dieses hier? Was sollte sie mit einem Zimmer, das zu klein war für eine zweite Matratze für den Fall, dass Tina sie besuchen kam? Jenny verstand ihre Mutter nicht. Diese Wohnung war eindeutig kleiner und die Umgebung war hässlicher. Und das alles für einen festen Job.

Sie hatte Hunger. Die Aussicht auf einen Pizza-Abend war immerhin ein Lichtblick. Sie nahm ihr Notebook aus dem Rucksack, setzte sich auf den Boden und suchte im Internet nach einem Lieferservice mit ihrer neuen Postleitzahl.

Karen stand im Flur und dirigierte die Möbelpacker. Sie kämpfte mit sich. Sollte sie zurückrufen? Sollte sie einspringen? Nein, unmöglich, das konnte niemand von ihr verlangen, heute zu arbeiten. Sie zog gerade um, ihre Wohnung stand Kopf, sie war müde und staubig und wollte früh ins Bett.

Ihr Handy klingelte.

»Trautmann.«

»Endlich! Um Himmels willen! Haben Sie meine Nachricht nicht gehört?«

Die immer leicht keifende Stimme der Chefsekretärin war Karen schon während ihrer Einarbeitungszeit auf die Nerven gegangen.

»Wer ist denn da?«

»Kroll! Sie müssen sofort kommen, Frau Trautmann. Die Busch, Sie wissen schon, Ihre Vorgängerin …«

»Ist krank, ich weiß.«

»Dann haben Sie es ja doch schon abgehört. Wie auch immer, und wer weiß, ob das stimmt mit Magen-Darm und Durchfall und na ja, aber ach, wissen Sie, ich reg mich nicht mehr auf, mir ist das letztlich egal ...«

»Ich bin gerade mitten im Umzug, Frau Kroll«, sagte Karen mit Nachdruck.

»Weiß ich doch, Frau Trautmann. Nur dass Sie noch mal kurz über die Seiten gucken und falls dann noch was ist. Absolutes Notprogramm, ja? Und schönen Gruß von Herrn Schenk, der verlässt sich auf Sie.«

Weg war sie.

Das also meinte Herr Schenk mit hundertfünfzig Prozent. »Alle unsere Mitarbeiter geben nicht hundert, nein, hundertfünfzig Prozent«, hatte er ihr beim Vorstellungsgespräch mit einem Lächeln gesagt, das so viel bedeutete wie: Versuchen Sie es bloß nicht darunter! Florian Schenk war einige Jahre jünger als sie, er war eitel und gegelt, er war ihr von Anfang an unsympathisch gewesen, und er war ihr Chef. Aber erst jetzt traute sie sich laut auszusprechen, was sie damals schon gedacht hatte: »Arroganter Schnösel!«

Dem untersetzten Möbelpacker fiel fast der Teppich von der Schulter.

»Nicht Sie«, seufzte Karen. Ihr blieb keine Wahl.

»Ich habe einen Lieferservice gefunden«, rief Jenny aus ihrem Zimmer. »Kommst du und suchst dir was aus?«

Karen setzte sich zu Jenny auf den Boden. »Ich muss gleich noch mal los. Noteinsatz im Verlag. Meine Vorgängerin ist krank.«

Jenny fixierte ihre Mutter. War das jetzt ein Scherz? »Das meinst du nicht ernst.«

Karen nickte knapp.

»Wenn du das tust, dann …« Jenny verschränkte wütend die Arme. Sie bekam Schluckauf. Immer wenn sie wütend wurde, bekam sie Schluckauf. Das ärgerte sie, denn es ließ ihre Wut lächerlich erscheinen.

»Ich kann es nicht ändern, Schatz«, sagte Karen leise.

»Na klasse, das geht ja gut los!«

»Ich kann doch nicht gleich als Erstes absagen.«

»Wieso? Ich denke, das ist jetzt das Tolle, dass du nicht mehr springen musst, wenn einer ruft!«

Damit hatte Jenny natürlich Recht. »Aber doch nicht in der Probezeit«, verteidigte Karen sich müde. »Du bestellst dir trotzdem Pizza. Ich lass dir Geld hier.«

»Keinen Hunger.«

»Bitte, Jenny!«

Karen stand auf. Sie musste sich frisch machen, umziehen und wenigstens notdürftig schminken.

Jenny hätte am liebsten Tina angerufen, aber das war mit ihrem Schluckauf zu anstrengend. Sie knallte dem verdutzten Möbelpacker ihre Tür vor der Nase zu und schrieb Tina eine wütende Mail.

3

Seit heute *verstehe ich, warum Menschen aus Eifersucht töten.*

Kommissar Völzow legte das Blatt Papier auf den Tisch und guckte Jenny an, als wollte er ihr raten, ihre Mail an Tina lieber noch einmal umzuformulieren.

Der Stuhl, auf dem Jenny saß, wankte. Dieser Kommissar, ein ihr vollkommen fremder Mensch, kannte ihre Mails. Er musste sie alle gelesen haben, um diesen Satz zu finden. Und wenn er sie gelesen hatte, kannte ihre Mutter sie auch. Alle wussten alles über sie, jedes kleine Geheimnis, das sie Tina anvertraut hatte. Jenny umklammerte den Sitz mit beiden Händen, denn der Boden unter ihr musste sich jeden Augenblick auftun.

»Das habe ich einfach so geschrieben«, sagte sie leise.

»Einfach so«, sagte Kommissar Völzow tonlos.

Er war ganz anders als die Kommissare im Fernsehen, weder gut aussehend noch grobschlächtig, weder eitel noch versoffen. In der braunen Strickweste über dem karierten Hemd sah er aus wie jemand, der seine Gartenhecke rechteckig schnitt. Nett, langweilig und ohne jede Aggression. Jenny fand ihn viel sympathischer als ihren Anwalt, Herrn Schlichtegroll. Aber er hatte ihre Mails gelesen, also war er ihr Feind.

Herr Schlichtegroll atmete schwer und wedelte aufgebracht mit seinem Montblanc-Kugelschreiber vor Völzows Nase herum. »Nun mal ganz langsam, ja? Meine Mandantin steht immer noch unter Schock. Und Sie konstruieren hier ...«

»Ich konstruiere gar nichts«, fiel ihm Völzow ins Wort. »Darf ich mal?« Er nahm ihm den Kugelschreiber aus der Hand, kratzte sich damit den Rücken und atmete erleichtert auf.

Herr Schlichtegroll stand auf und entriss ihm den Stift. »Haben Sie noch nie gesagt: Den könnte ich umbringen?«

»Nein. Sie?«

»Ja! Und zwar schon oft. Und zwar einfach so!« Herr Schlichtegroll setzte sich neben Jenny und schnaufte. »Bin ich deshalb vielleicht gleich ein Mörder?«

Völzow zuckte mit Blick zu Jenny die Schultern. »Die Beweislage ist nun mal erdrückend.«

Jenny wich seinem Blick aus und guckte zu Boden. Das alles war kein böser Traum. Das alles war böse.

»Beweislage, Beweislage, papperlapapp! Sie haben ja noch nicht mal die Ergebnisse der Spurensicherung. Oder enthalten Sie mir die vor?« Herr Schlichtegroll stand auf. »Lassen Sie mich bitte einen Moment mit meiner Mandantin allein.«

Völzow erhob sich seufzend und schlurfte zur Tür. »Kaffee?«, fragte er im Rausgehen.

Herr Schlichtegroll reagierte nicht.

Als sie allein waren, fixierte er Jenny mit zusammengekniffenen Augen. »Was haben Sie sich dabei gedacht, solch einen Satz zu schreiben! Sind Sie noch bei Sinnen! Und wieso erfahre ich das erst jetzt!«

Langsam kroch Wut in Jennys müden Körper zurück. »Woher sollte ich denn wissen ...«

»So was muss man immer wissen! So was sagt und schreibt man nicht!«

»Aber Sie haben den Kommissar doch eben selbst gefragt, ob er nicht schon mal selbst gesagt hat ...« Jenny hickste.

»Ja, natürlich habe ich den Kommissar das gefragt.« Herr Schlichtegroll ließ sich erschöpft auf einen Stuhl fallen. »Und natürlich hat jeder von uns so was schon mal gesagt. So oder anders. Aber hier haben wir es im besten Fall mit gefährlicher Körperverletzung zu tun, meine liebe Jenny! Und wenn Sie mir solche Mails verschweigen, wie soll ich Ihnen dann helfen?«

»Liegt sie immer noch im Koma?«, fragte Jenny vorsichtig.

Herr Schlichtegroll nickte. »Und ihr Zustand ist weiterhin kritisch.«

Jenny versuchte das Hicksen zu unterdrücken. Sie spürte den Blick ihres Anwalts. Wie kann man in solch einer Situation Schluckauf bekommen?, sagte der Blick. Und: Ich weiß, dass Sie's waren.

»Ich habe das einfach so geschrieben«, wiederholte Jenny unglücklich. »Ich wollte niemanden umbringen, wirklich nicht.«

»Ach!« Herr Schlichtegroll wirkte plötzlich hellwach. »Sie wollten niemanden umbringen? Soll das ein Geständnis sein?«

Jenny musste an einen Krimi denken, den sie mit ihrer Mutter an einem Pizzaservice-Wochenende gesehen hatte. Der Angeklagte hatte seinen Anwalt krankenhausreif geschlagen und sich einen neuen genommen.

»Auf wessen Seite stehen Sie eigentlich?«, fragte sie.

Herr Schlichtegroll guckte sie überrascht an. »Sie können auch einen Pflichtverteidiger bekommen. Ganz wie Sie wollen.«

4

Wenn Jenny schlief, sah man sie nicht. Sie vergrub sich unter dem Federbett, und weil sie klein und zierlich war, zeichneten sich keine Konturen ab. Auch den Kopf sah man nicht, weil er unter dem Kopfkissen lag. Jenny verschwand einfach, so als wollte sie mit dieser Welt für ein paar Stunden nichts zu tun haben. Wie sie überhaupt Luft bekam, war ihrer Mutter bis heute ein Rätsel. Karen hatte die ersten Jahre nach Jennys Geburt zahllose Nächte damit zugebracht, im Stundenrhythmus nachzusehen, ob ihre Tochter noch atmete. Jenny das Kissen unter den Kopf zu legen oder es ihr einfach wegzunehmen war sinnlos, denn dann zog sie sich die Bettdecke über den Kopf und ihre Füße lagen bloß, so dass sie sich erkältete.

Jenny schob mit dem rechten Zeigefinger ein Stückchen Bettdecke weg und blinzelte. Wo war sie?

Sie streckte einen Arm unter der Bettdecke hervor und tastete nach ihrem Wecker. Normalerweise hatte sie ihn mit einem Griff. Aber da war kein Wecker. Sie schlug die Decke zurück und setzte sich auf. Dann ließ sie sich aufs Kissen zurückfallen und zog die Bettdecke über den Kopf. Den Regen hörte sie trotzdem. Er prasselte auf etwas Hohles, das wie eine umgedrehte Regentonne klang.

Ich will nicht hier sein, skandierte sie stumm.

Aber es nützte nichts. Sie lag in einem viel zu kleinen Zimmer in einer viel zu großen Stadt mit viel zu schlechtem Wetter. Sie war überzeugt davon, dass es in Münster viel seltener regnete als hier.

Draußen war es noch dunkel. Wie spät mochte es sein? Ihr Wecker lag in irgendeinem Umzugskarton und ihre Armbanduhr steckte in der Regenjacke im Flur. Jenny schaltete ihr Notebook ein. Es war 4 Uhr 51. Mitten in der Nacht. Wieso wachte sie um diese Zeit auf?

Ihr T-Shirt klebte. Es war durchgeschwitzt. Immer wenn Jenny versuchte sich an ihre Träume zu erinnern, schwebten sie uneinholbar davon. Tina hatte gesagt, dass in Erfüllung geht, was man in der ersten Nacht in einer neuen Wohnung träumt. Schon deshalb wollte sie sich diesmal gar nicht erinnern, denn was immer sie geträumt hatte, es fühlte sich beunruhigend an.

Sie setzte sich auf, legte sich das Kissen in den Rücken und guckte nach Post. Normalerweise las sie sich Mails, die sie schrieb, noch einmal durch, bevor sie sie abschickte. Das hatte sie gestern Abend nicht getan. Sie hatte wütend drauflosgehämmert.

Tina war die Einzige, der sie sich Wut-Mails zu schreiben traute. Bislang war das nur zweimal vorgekommen. Einmal, als ihre Mutter vor einem Jahr während eines Mallorca-Urlaubs nachts nicht nach

Hause gekommen war und sie vor lauter Sorge schon die spanische Polizei alarmieren wollte. In dem Moment, in dem sie auf »Senden« geklickt hatte, war ihre Mutter ins Appartement gewankt und hatte kichernd den Reisegruppenleiter vor die Tür zurückgeschoben. Jenny fand es damals unmöglich, dass ihre Mutter sich wie ein alberner Teenager benahm. Heute sah sie das nicht mehr so streng. Manchmal wünschte sie ihrer Mutter sogar, dass sie einen Mann kennenlernte. Vielleicht wäre sie dann entspannter und nicht so schrecklich karriereorientiert. Nur ein Reisegruppenleiter durfte es nicht sein. Reisegruppenleiter waren unter Niveau.

Der zweite Anlass für eine Wut-Mail an Tina war das Verbot gewesen, bei Daniel zu übernachten. Dabei wollte sie gar nicht mit Daniel schlafen, aber das hatte ihre Mutter ihr nicht geglaubt. Kurz darauf war Schluss mit Daniel gewesen, seitdem herrschte eine Art Stillhalteabkommen zwischen ihrer Mutter und ihr. Bis zum nächsten Mal.

Jenny hatte keine Post. Wahrscheinlich hatte Tina gestern Abend gar nicht mehr nach Mails geguckt. Manchmal verging auch ein ganzer Tag, bis sie antwortete. Jenny klickte auf Postausgang und las. Was sie Tina geschrieben hatte, strotzte vor Fehlern. Klein- und Großschreibung gingen wild durcheinander, Buchstaben fehlten und zweimal ein ganzes Wort. Ihre Mutter hätte ihre wahre Freude daran gehabt. Dass es Spaß machte, die Fehler anderer Leute zu korrigieren, konnte Jenny nicht verstehen, das stellte sie sich langweilig vor. Aber ihre Mutter schien es zu lieben. Noch bevor Jenny in die Schule ging, wurde sie ständig von ihr korrigiert. Während andere Mütter ihren Kindern den Kopf tätschelten und sagten, ihre Kleinen hätten ihre Stärken eben woanders als in Rechtschreibung, musste Jenny Privatdiktate und unfreundliche Sprüche wie »Wer nämlich mit h schreibt, ist dämlich« über sich ergehen lassen. Der Effekt war, dass Jenny »nämlich« in Zukunft richtig schrieb und freiwillig kein Buch in die Hand nahm. Sie verbrachte ihre Zeit lieber mit ausgedehnten Radtouren. Doch das war nun auch vorbei. In Hamburg erwarteten sie stinkende Ausfallstraßen und Schlaglöcher. Vielleicht sollte sie ihr Fahrrad verkaufen und von dem Geld die Tickets nach Münster bezahlen.

Tina hingegen machten Jennys Fehler nichts aus, sie verstand auch so, was sie sagen wollte. Sie wollte sagen, dass sie Heimweh hatte, dass ihre Mutter ihr gestohlen bleiben konnte und dass sie sich vor der neuen Schule fürchtete. Und dass sie Tina vermisste.

Jenny schaltete ihr Notebook aus und schlich auf Zehenspitzen zum Bad. Die Tür zum Zimmer ihrer Mutter war geschlossen, der Rest der Wohnung sah chaotisch aus. Im Flur, im Wohnzimmer, sogar in der schmalen Küche stapelten sich Umzugskartons. Was war bloß in all diesen Kartons? Von ihr stammten höchstens drei oder vier, die anderen gehörten ihrer Mutter. Sie schien ihr ganzes Leben hierher mitgeschleppt zu haben, 37 Jahre in Kartons verpackt.

Jenny öffnete leise die Tür zum Bad. Hinter der Tür fiel etwas um und krachte zu Boden. Jenny hielt inne und fluchte leise. Besen und Wischmopp waren auf die Fliesen geknallt. Jetzt war ihre Mutter garantiert wach. Wenn sie von Spätdiensten erst nachts nach Hause kam, war das oberste Gebot: Kein Krach bis zwölf Uhr mittags, sonst konnte sie sehr ungnädig werden. Andererseits: War es vielleicht ihre Schuld, dass die Sachen im Weg standen? Hatte sie sie dorthin gestellt? Jenny bückte sich und griff nach dem Besen.

Vor der Wohnungstür raschelte es. Jenny hielt inne. Jetzt machte sich jemand am Schloss zu schaffen. Es klang, als wenn dieser Jemand verschiedene Schlüssel ausprobierte.

Mit dem Besen in der Hand kam Jenny ganz langsam hoch. Bitte nicht hier, bitte nicht jetzt, betete sie stumm. Hier gibt's nichts, das ist alles nur überflüssiges Zeug, alt, nichts wert, Erinnerungen.

Sie umschloss den Stiel mit beiden Händen und hielt den Besen hoch. Vor ein paar Tagen hatte sie in der Zeitung eine Verbrechensstatistik gelesen. Stand nicht Hamburg bei Einbrüchen ganz oben?

Ein Schlüssel drehte sich im Schloss.

Wenn ich das überlebe, gehe ich hier weg, schwor Jenny sich. Sie war kurz davor, ihre Mutter um Hilfe zu rufen.

»Mama!«, rief Jenny entgeistert.

Karen schrie auf.

Jenny ließ den Besen sinken. »Wo kommst du denn her?«

Karen schloss die Tür und setzte sich auf einen Umzugskarton. Sie starrte Jenny zwei Sekunden lang an. Plötzlich prustete sie los.

Jenny wurde wütend. »Bist du betrunken? Du hast mir einen Riesenschrecken eingejagt!«

Karen seufzte. »'tschuldigung, Schatz. War nicht geplant. Hab mit zwei Kollegen Einstand gefeiert.« Sie stand auf und gähnte. »Und jetzt muss ich ganz schnell ins Bett.« Auf dem Weg in ihr Zimmer drehte sie sich zu Jenny um. »Wieso bist du eigentlich schon auf?«

Jenny verschwand wortlos im Bad. Natürlich war sie froh, dass es ihre Mutter und kein Einbrecher war. Aber sie war sauer. Sie war zu jung, um bei ihrem Freund zu übernachten, aber alt genug, um in einer fremden Wohnung in einer fremden Stadt die ganze Nacht allein zu sein? Das passte nicht zusammen. Sollte sie jemals wieder einen Freund haben, würde sie sich nichts mehr verbieten lassen. Mit diesem Entschluss ging sie wieder ins Bett.

Als sie vier Stunden später aufwachte, hatte sie Hunger. Aber es gab nichts Essbares in der neuen Wohnung, selbst der Keksvorrat vom Umzug war aufgebraucht. Ihre Mutter schlief noch. Obwohl inzwischen die Sonne schien und der Himmel wolkenlos war, zog Jenny ihre Regenjacke an. Sie schnappte sich ihren Rucksack und zog leise die Wohnungstür hinter sich zu.

In dem Moment, in dem das Schloss zuschnappte, wusste sie, dass sie ihren neuen Schlüssel vergessen hatte. Sie war ausgesperrt. Einen Augenblick lang überlegte sie, ihre Mutter zu wecken, doch dann beschloss sie, erst fürs Frühstück einkaufen zu gehen.

An ihrem Fahrrad im Treppenhaus klebte ein Zettel: *Dies ist kein Fahrradkeller!* Ohne Unterschrift. Und wohin, bitte, sollte sie ihr Fahrrad stellen? Nach draußen vielleicht? Damit man es klaute? In dem Dreifamilienhaus in Münster hatten sie eine große Gemeinschaftsgarage gehabt, da hatte jeder Platz, da hatte man miteinander geredet und keine anonymen Zettel geklebt.

Jenny schob ihr Rad nach draußen und guckte am Haus hoch. Es war graubraun geklinkert. Es sah aus wie sehr lange nicht geputzt. Ihr Fenster im zweiten Stock war das einzige ohne Gardinen. Gegenüber hing ein Altglascontainer am Haken eines Krans. Der Inhalt krachte auf die Ladefläche des Lastwagens. Jenny stieg aufs Rad und fuhr los, und plötzlich wusste sie, was sie letzte Nacht geträumt hatte. Als hätte das Zerbersten von Glas den Traum in ihrem Kopf freigelegt, stand die riesige Brücke vor ihr, über die sie zu Fuß gehen musste. Ihre Mutter lief ihr immer ein Stück voraus und winkte und rief, die Steigung sei gleich geschafft und bis zur Bushaltestelle bräuchten sie nur noch fünf Minuten. Jenny wusste ganz genau: Wenn sie ihr folgte, würde ihr schlecht werden. Doch zurück konnte sie nicht mehr, denn der Brückenanfang stand im Wasser und das letzte Schiff Richtung Ufer legte gerade ab. Also ging sie immer weiter die Brücke hoch, ihre

Mutter lachte und winkte und deutete auf irgendetwas in der Ferne, Jenny blickte nach unten, ihr wurde schwindelig, sie verlor das Gleichgewicht und rutschte ab, ihre Regenjacke verfing sich im Stahlseil, das Stahlseil gab nach …

Jenny sah den rostroten Golf zu spät. In Zeitlupe fuhr er von links auf sie zu. Sie guckte in die erschrockenen Augen eines jungen Mannes und wusste, auch er würde nicht mehr rechtzeitig halten können.

Der Golf erwischte ihr Vorderrad. Jenny stürzte und prallte mit der rechten Schulter auf die Bordsteinkante.

Dann herrschte Stille. Gedanken- und gefühllose Auszeit.

Sie spürte eine Hand auf ihrer linken Schulter und zuckte zurück. Wo war sie? Warum lag sie hier?

»Ist dir was passiert? Soll ich einen Krankenwagen rufen?«

Eine ältere Frau in Hut und Mantel beugte sich über sie und zog besorgt die Augenbrauen zusammen.

Da sah sie ihn. Sie stützte sich mit einer Hand ab und versuchte aufzustehen, ohne den Blick von dem rostroten Golf zu wenden, der mitten auf der Straße stand. Für einen kurzen Moment verschwamm der Golf vor ihren Augen. Als ihr die Frau unter die Arme griff, jaulte sie auf. Jetzt erst bemerkte sie die vielen Menschen. An allen vier Ecken der Kreuzung standen sie und gafften. Bewegungslos. Eingefroren.

»Geht schon«, sagte Jenny zu der Frau und machte sich los. Sie wankte leicht.

Auch in die gaffende Menge kam Bewegung, die Kreuzung leerte sich, Autofahrer hupten.

Der rostrote Golf fuhr weg. Fuhr einfach weg!

Na warte, dich krieg ich, zischte Jenny stumm und hob ihr Fahrrad auf, das verdreht auf der Straße lag.

»Ich hab das Kennzeichen von dem Schwein!«, rief jemand hinter ihr.

Jenny guckte sich um. Ein dicker Glatzkopf wedelte mit einer Zeitung. Aber sie ließ ihn stehen und fuhr los. Wenn sie den Idioten noch erwischen wollte, musste sie sich beeilen.

Sie schlängelte sich zwischen parkenden und fahrenden Autos hindurch und schimpfte still vor sich hin. Genau so hatte sie es sich vorgestellt. Die Menschen hier waren rücksichtslos. Fuhren einen über den Haufen und hauten ab. Nach mir die Sintflut. Sie hatte die Schnauze voll. Niemand konnte sie zwingen in Hamburg zu bleiben, auch ihre Mutter nicht.

Ihre rechte Schulter schmerzte. Vielleicht war ihr Schlüsselbein gebrochen. Jenny hoffte es fast, denn dann müsste sie morgen nicht in die neue Schule gehen. Dann könnte sie mit ihrer Mutter reden. Sie würde ihr ganz vernünftig erklären, dass es so auf keinen Fall weiterging. Dass sie unbedingt nach Münster zurückmusste, weil sie hier unglücklich werden würde, und das konnte keine Mutter wollen.

Jenny kniff die Augen zusammen. Rostrot. Das musste er sein. Sie fuhr schneller.

Der Golf stand an einer roten Ampel. Jenny war gerade auf Höhe des Kofferraumes angekommen, als die Ampel auf Gelb sprang. Der Golf fuhr los.

Jenny beschleunigte. Ihre Kondition war immer noch gut, obwohl sie in den letzten Wochen kaum längere Strecken gefahren war. Der Golf wechselte auf die Überholspur. Hatte er sie bemerkt? Flüchtete er vor ihr? Es würde ihm nichts nützen.

An der nächsten großen Kreuzung sprang die Ampel auf Gelb. Der Wagen, der vor dem Golf fuhr, bremste. Der Golf blieb mit quietschenden Reifen wenige Zentimeter vor der Stoßstange des vorderen Wagens stehen.

»Jetzt hab ich dich!«, zischte Jenny.

Sie setzte zum Endspurt an. Noch bevor die Fußgängerampel auf Grün sprang, fuhr sie über die Kreuzung, stoppte mit ihrem Fahrrad direkt an der Fahrerseite des Golfs und hämmerte wütend gegen die Scheibe.

Der junge Mann guckte Jenny verwundert an und kurbelte die Scheibe herunter.

Für den Bruchteil einer Sekunde war Jenny verunsichert. Erkannte er sie nicht? Hatte sie den Falschen verfolgt?

»Sind Sie bescheuert? Ich hätte tot sein können! Ich zeig Sie an! Ich habe jede Menge Zeugen!«

Der Gesichtsausdruck des jungen Mannes veränderte sich schlagartig. Jenny erkannte die erschrockenen Augen wieder, sie hatte sich nicht getäuscht.

»O Scheiße«, sagte er.

Die Ampel sprang auf Grün. Der Autofahrer hinter ihm hupte. Der vordere Wagen fuhr los.

»Wenn Sie jetzt abhauen, dann ...«

Er schüttelte den Kopf. »Ist dir was passiert?«

Jenny schnaubte. »Das fällt Ihnen ja früh ein!«

»Tut mir leid ... ich bin ... ich war ...« Er lächelte Jenny schuldbewusst an. »Ich komme gerade aus dem Krankenhaus. Meine Schwester hatte einen schweren Autounfall und ...«

»Sie bauen gleich den nächsten!«, giftete Jenny.

Ein wütendes Hupkonzert brach hinter ihnen los.

Er lächelte Jenny unbeirrt an. »Wenn ich das irgendwie wiedergutmachen kann ...« Seine leicht gebräunte, schlanke Hand fuhr am Lenkrad entlang.

Damit hatte Jenny nicht gerechnet. Genau genommen wusste sie nicht, womit sie gerechnet hatte, aber in keinem Fall damit, dass derjenige, der sie umgefahren hatte und dann einfach abgehauen war, einen Grund dafür haben könnte und sich entschuldigte.

»Ich heiße Marco. Marco Scholz. Damit du siehst, dass es mir wirklich leidtut. Visitenkarte habe ich nicht, aber wenn du mich anzeigen willst ... Name und Kennzeichen reichen bestimmt.«

»Was soll der Scheiß!«, brüllte der Autofahrer direkt hinter ihnen und hupte ununterbrochen.

Jenny nahm ihn wie durch einen samtenen, milchigen Schleier wahr. Die Wut steckte noch in ihrem Hals und passte nicht zu dem Prickeln, das sich warm und weich um ihren Mageneingang legte, während ihr Blick Marcos Händen folgte, die aufs Lenkrad trommelten. Dieses Prickeln war absurd, denn der Mann, der es auslöste, hätte sie mit ein bisschen mehr Pech vor wenigen Minuten umbringen können.

Sie musste hier weg. Ohne sich noch einmal umzudrehen, schob sie ihr Rad zur Fußgängerampel zurück.

Marco fuhr langsam an ihr vorbei. »Und wie heißt du?«

»Jenny«, sagte sie knapp.

Marco warf ihr durch das offene Fenster eine Kusshand zu und gab Gas. Jenny wandte den Blick schnell ab. Idiot, dachte sie.

Die Fußgängerampel wankte. Jenny umklammerte ihren Lenker fest mit beiden Händen, als sie auf die gegenüberliegende Straßenseite ging.

Ihr Handy klingelte.

»Wo bist du denn?«, fragte Karen gereizt. »Jenny?«

»Ja.«

»Du hast deinen Schlüssel vergessen. Und dein Fahrrad war weg. Was glaubst du, was für einen Schreck ich bekommen habe!«

»Ach ja?«

Vorwürfe waren das Letzte, was Jenny jetzt ertragen konnte. Ihr war schwindelig. Und ihr war übel. Vielleicht, weil sie noch nicht gefrühstückt hatte.

»Komm bitte und hol dir wenigstens deinen Schlüssel ab. Ich habe gleich einen wichtigen Termin.«

»Ich hatte einen Unfall.«

»Was?!«

»Ich glaube, mein Schlüsselbein ist gebrochen.«

»Um Himmels willen! Wo bist du denn?«

Jenny entfernte das Handy vom Ohr. Ihre Mutter sollte aufhören zu schreien.

»Jenny?«

»Ja.«

»Wo du bist, will ich wissen.«

Jenny lehnte ihr Fahrrad an das Treppengeländer eines Hauseingangs und setzte sich auf die oberste Stufe.

»Könntest du mich vielleicht abholen?«

Der kleine, kraushaarige Arzt in der Notambulanz hielt das Röntgenbild gegen die beleuchtete Wand.

»Kein Bruch, nur eine Prellung. Nicht weiter schlimm.«

Er lächelte Jenny aufmunternd an, aber Jenny lächelte nicht zurück. Sie hatte sich längst darauf eingestellt, morgen nicht in die neue Schule zu gehen. Und jetzt das.

»Aber mit deiner Gehirnerschütterung musst du vorsichtig sein. Zwei Wochen Ruhe und keinerlei Aufregung.«

Karen strich Jenny besorgt über den Kopf.

Jenny konnte es nicht verhindern, sie strahlte. Das war die Rettung. Zwei Wochen Schonfrist. Zwei Wochen, in denen sie alles rückgängig machen konnte.

»Hast du dir wenigstens das Kennzeichen gemerkt?«, fragte Karen.

»Wozu?«

»Na hör mal, der Typ ist einfach abgehauen!«

»Er hat mich gefragt, ob mir was passiert ist.«

»Er hätte sich um dich kümmern müssen!«, sagte Karen verärgert. »Stattdessen lässt er dich einfach allein. Das ist Fahrerflucht.« Karen zupfte Jennys Pony zurecht. »Würdest du ihn denn wiedererkennen?«

»Lass das.«

»Oder seinen Wagen?«

»Was soll das? Mir geht's gut!«

»Also ja oder nein?«

Jenny schüttelte den Kopf.

Karen wandte sich zum Gehen. »Ich erstatte in jedem Fall Anzeige gegen unbekannt.«

»Und was soll das bringen ohne Zeugen?«, fragte Jenny. Ihr fiel der dicke Glatzkopf wieder ein. Aber Hamburg war groß. Den würde sie sowieso nie wiedersehen.

»Trotzdem. Kommst du? Ich muss mich beeilen. Ich werde im Verlag gleich offiziell vorgestellt. Da kann ich schlecht fehlen.«

Karen fuhr Jenny zurück zu dem Haus, vor dem ihr Fahrrad stand. Jenny betrachtete ihre Mutter von der Seite. Jetzt erst fiel ihr auf, dass sie ihr graues Nadelstreifenkostüm für besondere Anlässe trug. Und schwarze samtene Pumps. Deswegen war sie ihr beim Notarzt so groß vorgekommen. Und war das Gel in ihren kurzen blonden Haaren? Sie sahen glatter aus als sonst.

»Und dass du mir nicht aufs Rad steigst, du schiebst nur«, sagte Karen eindringlich. »Das musst du mir versprechen.«

Jenny nickte.

»Und dann legst du dich hin. Wenn ich es irgendwie schaffe, kaufe ich ein und komme vor meinem Dienst noch vorbei. Auf jeden Fall rufe ich dich an.«

Karen blinkte und hielt.

»Bitte, Mama, ich will nicht in Hamburg bleiben. Lass uns nach Münster zurückgehen, ja?«

»Jenny ... « Karen schüttelte ratlos den Kopf. »Ich hab jetzt keine Zeit. Wir reden morgen, okay?«

Jenny stieg aus und schlug wütend die Tür zu. Wenn es so weiterging, würde es ohnehin nicht auffallen, wenn sie nicht bei ihr wohnte.

Sie schloss ihr Fahrrad vom Treppengeländer los. Jetzt erst bemerkte sie, dass ihr Vorderrad eine leichte Acht hatte. Ihr schönes Rad, mit dem sie in Münster jeden Tag unterwegs gewesen war. Zwei Jahre lang ohne eine einzige Panne. In Hamburg war sie noch nicht mal einen Tag. Wieso hatte sie diesen Idioten auch noch in Schutz genommen? Für eine Anzeige wusste sie genug: Marco Scholz, rostroter Golf und vom Kennzeichen G. Und natürlich würde sie ihn wiedererkennen. Aber vielleicht stimmte der Name ja gar nicht, vielleicht hatte er sie angelogen, vielleicht war der Wagen geliehen, gestohlen ... Jenny ärgerte sich, dass sie sich von dem dicken Glatzkopf das Kennzeichen nicht hatte geben lassen. Jetzt war es zu spät.

Sie wartete, bis ihre Mutter außer Sichtweite war. Dann stieg sie aufs Rad und fuhr nach Hause.

5

Der Wind, der durch das kleine Fenster hereinwehte, war warm. Es roch nach Frühling und die Gitterstäbe an der Wand wurden länger und länger. Die Sonne beschien jetzt das Toilettenbecken. Jenny stützte sich an den Rändern ab und kotzte in kurzen Intervallen. Es kam kaum etwas aus ihrem Magen, weil kaum etwas darin war, aber der Würgereiz wollte kein Ende nehmen.

Warum konnte sie nicht die Bilder in ihrem Kopf auskotzen? Besonders das Bild mit Tina wurde sie nicht los. Tina im Fernsehen, flirtend mit der Kamera, als wäre es immer schon ihr Element gewesen, als hätte sie nur auf diese Gelegenheit gewartet, ein Interview zu geben.

Wäre alles anders gekommen, wenn Tina sie wie geplant in Hamburg besucht hätte? Wenn sie Tina nicht plötzlich abgesagt hätte? Säße sie dann nicht im Gefängnis?

Sicher war, dass sie dann nie erfahren hätte, was sie nun wusste: Wenn es darauf ankam, fiel ihre beste Freundin ihr in den Rücken. Das hätte sie niemals für möglich gehalten. Das hatte sie schockiert.

Die falsche Schlange, dachte Jenny, wie konnte sie nur!

Sie sehnte sich nach ihrer Mutter. Warum war es so schwierig, eine Besuchserlaubnis zu bekommen? Was machte der fette, schnaufende Schlichtegroll den ganzen Tag? Wieso kümmerte er sich nicht um sie?

Und wenn sie diesem Kommissar Völzow erzählen würde, was tatsächlich geschehen war? Er würde ihr nicht glauben. Weil sie es selbst nicht glaubte. Weil es so unglaublich war.

Sie sehnte sich nach dem Moment zurück, in dem ihre Mutter auf der Fahrt nach Hamburg einen Pizzaservice-Abend vorgeschlagen hatte. War das der letzte Moment, in dem noch alles in Ordnung gewesen war?

Wie ein Erdbeben brach sich ein dünner Speichelfaden Bahn. Jenny wischte ihn mit dem Handrücken ab. Dann sank sie erschöpft neben der Toilette zu Boden.

6

»Der Name ist garantiert falsch«, hatte Tina am Telefon gesagt.

Der Name stimmt, entschied Jenny für sich und dachte an seine erschrockenen graugrünen Augen. An seine schönen Hände auf dem Lenkrad. Sie schlug das Telefonbuch zu und legte es auf die Fensterbank zurück. Es gab zwei Marco Scholz ohne Adressen und einige M. Scholz. Der Name war also nicht sehr verbreitet, was dafür sprach, dass er sie nicht angelogen hatte und das Risiko eingegangen war, dass sie ihn wegen Fahrerflucht anzeigte. Das wollte sie einfach nur wissen.

»Wart's doch erst mal ab, vielleicht ist Hamburg ja gar nicht so schlecht«, hatte Tina gesagt. Hatte sie sich so schnell daran gewöhnt, dass sie weg war? Wieso hatte sie nicht vorgeschlagen, ihre Eltern zu fragen, ob sie zu ihr ziehen konnte? Das Haus, in dem Tina wohnte, war groß, es gab sogar ein Gästezimmer unterm Dach. Stattdessen sollte sie Hamburg »eine Chance geben«. Das nahm sie ihr übel.

Sie hob einen Bücherkarton vom Stapel im Wohnzimmer und stellte ihn auf den Boden. Wenn sie mit diesem Chaos schon alleine war, wollte sie wenigstens Musik hören. Es war der zehnte oder elfte Karton, den Jenny nach ihren CDs durchsuchte, aber auch diesmal schien sie kein Glück zu haben. Sie zog ein rotes, samtenes Kissen aus dem Karton, darunter lagen verrostete Schlittschuhe, eine Kindergarten-Brottasche, eine vergilbte Büste aus Stein, auf der eingemeißelt *Beethoven* stand, eine mit Herzchen und Blumen und Buchstaben bekritzelte Federtasche, ein Schreibblock mit der Aufschrift *Kandinsky,* der aus dem einzigen Semester Kunstgeschichte ihrer Mutter stammen musste, und eine zusammengefaltete Doppelseite der *Westfälischen Zeitung* mit Stellengesuchen und Sport. Wieso bewahrte ihre Mutter all diese Dinge auf? Wieso warf sie sie nicht einfach weg? Jenny guckte verstohlen zur Wohnungstür. Hatte ihre Mutter nicht gesagt, sie wolle zwischendurch nach Hause kommen?

Die Kindergarten-Brottasche sah fast unbenutzt aus. Jenny fuhr mit der Hand über das steife, dunkelgrüne Leder. Sie versuchte sich ihre Mutter im Kindergarten vorzustellen und hängte sich die Tasche um den Hals. Dann öffnete sie den Schnappverschluss. Niemals hätte sie vermutet, dass der Inhalt dieser kleinen Tasche ihr Leben verändern sollte.

Karens Schreibtisch stand dem Fenster am nächsten. Sie liebte diesen Blick aufs Wasser, auf Containerterminals, auf Kräne, auf Schiffe, auf die weite

Welt, sie konnte sich daran kaum satt sehen. Sie guckte aus dem Fenster und war glücklich.

Auf ihrem Monitor erschien das Suchergebnis. Dreihundertsiebzigmal »Davidwache« ohne »s«. Sie machte den Gegentest.

»Na also«, sagte sie leise für sich. Neunhundertzweiundzwanzig Ergebnisse für die Version mit »s«. Das war entschieden die Mehrheit.

Zufrieden betrachtete sie ihren Begrüßungsstrauß neben dem Monitor. Ihre Vorgängerin hatte vor drei Tagen also einen Fehler übersehen. Karen war nicht schadenfroh, aber sie war froh darüber, dass nicht nur ihr gelegentlich etwas durchrutschte, sondern auch anderen. In diesem Fall wäre es allerdings besonders peinlich gewesen, denn es handelte sich um eine große Überschrift. Und alle hier im Großraumbüro hatten die Seite ausgedruckt vor sich liegen gehabt, auch Herr Schenk, der Chefredakteur. Mindestens zehn Leute hatten den Text gelesen und niemand hatte den Fehler bemerkt. Weder heute noch vor drei Tagen. Das wunderte Karen.

»Käffchen?«, fragte Frau Kroll und stellte ihr eine volle Tasse auf den Tisch.

»Danke, das ist nett.« Karen sah kurz auf und lächelte. Dann fügte sie das »s« ein und speicherte.

Frau Kroll stand hinter ihr und starrte auf die Überschrift. »Milch ist leider schon aus«, sagte sie, ohne den Blick vom Monitor zu wenden.

»Vielen Dank noch mal«, sagte Karen mit Nachdruck, denn vielleicht war ihr erstes »Danke« untergegangen und sie wollte es sich auf keinen Fall mit

Frau Kroll verderben. Erstens, weil Sekretärinnen wichtig für das Betriebsklima waren, und zweitens genoss sie diesen unbekannten Luxus. Noch niemals hatte ihr eine Sekretärin Kaffee gebracht. Das war neu. Das war eindeutig ein Aufstieg.

»Bitte, bitte«, lächelte Frau Kroll, rückte ihre bunte Brille zurecht und verschwand zu ihrem Sekretärinnentisch am anderen Ende des riesigen Raumes direkt neben dem Chefredakteur. Karen gab ihr noch zwei, drei Jahre bis zur Pensionierung. Höchstens fünf.

Sie tippte Jennys Handynummer.

»Heißt es ›des Autors‹ oder ›des Autoren‹?«, rief Herr Schenk.

Endlich war bei Jenny nicht mehr besetzt.

»Frau Trautmann, der Chef hat Sie was gefragt!«, krähte Frau Kroll.

»Entschuldigung, was?«

»Ich guck schon nach«, winkte der Nachrichtenchef ab und blätterte im Duden. Die beiden Politikredakteure am Tisch schräg gegenüber schenkten ihr ein mildes Lächeln.

Mist, dachte Karen und legte den Hörer wieder auf.

In der Kindergarten-Brottasche steckten Luftpostumschläge. Jenny nahm sie heraus. Sie waren an ihre Mutter unter der Anschrift ihrer Großeltern adressiert. Diese Briefe mussten mindestens so alt sein wie sie selbst, denn kurz nach ihrer Geburt war ihre Mutter mit ihr von zu Hause ausgezogen und hatte mit zwei Freundinnen eine Wohngemeinschaft gegründet. Sie erinnerte sich nicht mehr sehr genau an diese Jahre, aber ihre Mutter regte sich manchmal noch über die strengen Ruhezeitregeln, Putzpläne und pfenniggenauen Abrechnungen auf. Ein paar Tage nach ihrem achten Geburtstag zog ihre Mutter mit ihr in das Dreifamilienhaus, kaufte als Erstes einen Kühlschrank, stopfte ihn voll und schimpfte eine Woche lang auf ihre Freundinnen, die seitdem nicht mehr ihre Freundinnen waren. In dieser ersten Woche im Dreifamilienhaus lernte Jenny, dass die acht Jahre in der Wohngemeinschaft für ihre Mutter qualvoll gewesen waren, dass sie aber keine Wahl gehabt hatte, weil sie sich eine Wohnung allein mit Kind nicht hätte leisten können, und dass sie sich für Jenny gern gequält hatte.

Es waren drei Briefe und auf allen dreien stand als Absender nur *Joe, z. Zt. USA*.

Wer war Joe? Jenny konnte sich nicht erinnern, dass ihre Mutter den Namen schon einmal erwähnt hatte. Vorsichtig zog sie einen Brief aus einem der Umschläge und entfaltete das hauchdünne Papier. Es war fast durchsichtig.

Mein Engel, stand dort in großer runder Schrift.

Jenny musste grinsen. Mein Engel! Das klang altmodisch. Kitschig. Dass jemand ihre Mutter Engel nannte, kam ihr albern vor.

Es ist unvorstellbahr! Diese Weite! Kilometerlang nichts und niemand! Morgen geht das Trainingscamp los. Schade. Möchte gern mehr sehen.

Jenny las die Zeilen noch einmal und staunte: unvorstellbar mit h. Kein Wunder, dass ihre Mutter diesen Joe nie erwähnt hatte. Spätestens nach diesem Brief hatte sie ihn vermutlich in die Wüste geschickt. *5. August,* stand oben rechts ohne Jahresangabe, aber Jenny erkannte auf dem Poststempel schwach die Zahl 87.

Möchte Dich fest in meinen Armen halten und mit Dir den Sonnenaufgang sehen. Warum bist Du nicht hier? Ich vermisse Dich so sehr!! Eines Tages werden wir hierher auswandern, ja? Wir werden in einem kleinen Holzhaus mit Weranda davor wohnen. Ein Museum gibt es hier auch, da kannst Du dann arbeiten. Ich küsse Dich und denke an Dich. In Liebe, Dein Joe forever!

Jenny grinste. Veranda mit W. Dieser Joe wurde ihr langsam sympathisch. Er machte Fehler, und er schrieb Liebesbriefe. Zugegeben, inzwischen waren siebzehn Jahre vergangen und Papierbriefe umständlich und aus der Mode gekommen. Dennoch fand Jenny es plötzlich sehr wichtig, dass man sich Papierbriefe schrieb, wenn man sich liebte. Papierbriefe waren etwas zum Anfassen und sicher wusste ihre Mutter noch ganz genau, was sie gerade gemacht hatte, wie sie sich gefreut hatte, als sie diese Briefe bekam. Wenn Jenny die Mails von Daniel wieder las, wusste sie das nicht oder nicht mehr sehr genau. Der Mann ihrer Träume musste also nicht nur schöne Hände haben, sondern auch ein Liebesbriefe schreibender Romantiker sein, dem ihre Rechtschreibfehler nichts ausmachten. Sie beneidete ihre Mutter um Joe.

Und sie hatte ein tonnenschweres schlechtes Gewissen, als sie den zweiten Brief entfaltete. Aber es war wie ein Sog. Außerdem hatte sie bereits den ersten gelesen, es war also ohnehin schon zu spät.

Liebe Karen, begann der Brief.

Liebe Karen? Jenny guckte auf das Datum. Der Brief stammte vom 20. August.

Entschuldige meine späte Antwort. Dein Anruf hat mich durcheinandergebracht. Wie konnte das passieren? Ich dachte, Du nimmst was. Was willst Du denn jetzt tun? Von hier aus kann ich Dir leider nicht helfen. Aber ruf mal Nils vom Verein an, seine Freundin hatte so was glaub ich auch schon mal. Vielleicht kennt die einen, der das macht. Alles Liebe, ich drück Dir die Daumen. Joe.«

Jenny las den Brief ein zweites Mal. Was war zwischen dem 5. und dem 20. August passiert? Es klang, als hätte ihre Mutter eine ansteckende Krankheit gehabt. Und wo war Joes Liebe geblieben? In diesem Brief gab es keine Spur mehr davon.

Jenny nahm den dritten Brief aus dem Umschlag. In diesem Moment klingelte ihr Handy. Die Nummer auf dem Display kannte sie nicht. Sie ging ran.

»Entschuldige, Schatz, ich hab's nicht mehr geschafft. Geht's dir gut?«

Jenny wollte jetzt nicht mit ihrer Mutter sprechen. Sie konnte jetzt nicht mit ihr sprechen, sie beging gerade Vertrauensbruch.

»Jenny!«

»Ja, alles klar.«

»Was ist los? Du klingst so seltsam.«

»Quatsch.«

»Hör mal, bestell dir den Pizzaservice, ja? Und

morgen koche ich uns was. Und ruf mich an, wenn was ist.«

»Mach dir keine Sorgen, ich komm schon klar.«

Jenny fühlte sich mies, als ihre Mutter aufgelegt hatte. Was sie hier tat, war eine Riesenschweinerei.

Der dritte Brief war auf den 2. September datiert. Dieser Joe hatte eine schöne Schrift. Vielleicht ein bisschen zu groß, aber ebenmäßig und rund.

Hallo Karen, schrieb Joe. *Tut mir leid, aber das kann ich nicht. Ich bin viel zu jung für ein Kind. Ich will Profi werden, das weißt du doch. Wie soll denn das gehen? Ich hab noch so viel vor. Sorry, aber ohne mich. Wenn Du es nicht wegmachen läßt, ist das Deine Entscheidung. Ich hoffe, Du verstehst mich. Alles Gute. Joe*

2. September 1987. Jenny zählte. Sieben Monate später wurde sie geboren. Mit dem Kind in dem Brief war sie gemeint, eine andere Erklärung gab es rein rechnerisch nicht. Dieser Joe musste ihr Vater sein.

Jenny spürte ihr Herz. Es klopfte laut und schnell. Gleich würde sie Schluckauf bekommen. Ihr Vater hatte ihre Mutter sitzengelassen und wollte, dass sie abtrieb? Ihr Vater ein Arschloch? Nein, Arschlöcher waren die anderen. Derjenige, der ihr den Zettel ans Fahrrad geklebt hatte, war eins. Der sie umgefahren hatte und abgehauen war. Und all die anderen, von denen man in der Zeitung las. Aber nicht ihr Vater. Das musste ein Irrtum sein. Außerdem passte es nicht zu der Geschichte, die ihre Mutter ihr erzählt hatte. Sie sei das wundervolle Ergebnis eines One-Night-Stands, hatte sie ihr wörtlich gesagt. Dann musste ihre Mutter ihr erklären, was ein One-Night-Stand ist, denn Jenny war damals erst elf. Heute wusste sie, dass man sich nach One-Night-Stands keine Liebesbriefe schreibt.

Oder hatte ihre Mutter sie angelogen? Und wenn ja, warum? Jenny wunderte sich über sich selbst, denn sie hatte tatsächlich nie weiter nachgefragt und sich all die Jahre mit der One-Night-Stand-Erklärung zufriedengegeben.

Sie guckte sich die Briefumschläge noch einmal ganz genau an. Auf allen dreien war die Zahl 87 zu erkennen. Sie zählte ein zweites Mal die Monate. Das Ergebnis blieb dasselbe. Gemeint war sie.

Oder stimmte die Geschichte mit dem One-Night-Stand doch und ihre Mutter war fremdgegangen, während Joe in Amerika war? Wollte ihre Mutter diesem Joe ein Kind anhängen? Ihre Mutter eine Lügnerin? Alles erschien plötzlich möglich.

Jenny kam sich verlassen vor. Das war ein neues Gefühl, das kannte sie nicht. Wenn plötzlich alles möglich war, war es auch möglich, dass nichts mehr stimmte. Vielleicht war ihre Mutter gar nicht ihre Mutter. Vielleicht hatte sie sie adoptiert. Oder nur in Pflege genommen. Vielleicht war sie ein Findelkind. Vorm Krankenhaus ausgesetzt. In der Mülltonne entsorgt und in letzter Minute gerettet. Solche Geschichten standen täglich in der Zeitung. Wenn sie also täglich passierten, wieso nicht auch ihr?

Wie gern hätte sie ihre Mutter einfach angerufen und sie nach Joe gefragt. Doch das konnte sie nicht tun, ohne dass ihr Vertrauensbruch aufflog. Andererseits: Beging ihre Mutter nicht seit sechzehn Jahren Vertrauensbruch, indem sie ihr den Vater verschwieg? Hatte sie nicht ein Recht darauf zu erfahren, wer er war? Wie er war? Wie er lebte? Ob er noch lebte? Arschloch hin oder her? Ihr schlechtes Gewissen verschwand hinter einem wütenden Staunen. Ihre Mutter verheimlichte ihr etwas so Wichtiges?

Vorsichtig faltete sie die Briefe wieder zusammen, steckte sie in die Umschläge und die Umschläge in die Kindergarten-Brottasche. Dann legte sie all die Dinge, die sie aus dem Bücherkarton genommen hatte, in derselben Reihenfolge wieder zurück. Sie beseitigte alle Spuren ihres Vertrauensbruchs, aber Joes Sätze hämmerten unauslöschlich in ihrem Kopf. Sie musste ihre Mutter fragen.

7

Jenny schob das Kissen zur Seite. Die Sonne schien ihr direkt ins Gesicht. Sie lauschte. Hatte sie das geträumt oder telefonierte ihre Mutter wirklich? Wer wagte es, sie vor zwölf anzurufen? Wer war so wichtig, dass sie ranging?

Jenny setzte sich auf. Ihr fielen die Briefe wieder ein. Joe. Ihr Vater. Oder auch nicht. Und wenn doch: ein Arschloch. Das ihre Mutter sitzengelassen hatte. Das sie abtreiben lassen wollte. Sie war im Moment vielleicht nicht besonders glücklich, aber sie war sehr froh darüber, geboren worden zu sein.

Die Versuchung, ihre Mutter im Verlag anzurufen und sie nach Joe zu fragen, war den ganzen gestrigen Abend lang groß gewesen, doch dann hatte sie sich tatsächlich Pizza bestellt und lange ferngesehen.

Jetzt meldete sich ihr schlechtes Gewissen zurück. Ihre Wut konzentrierte sich auf Joe. Selbst wenn er sie gezeugt haben sollte, ihr Vater wäre er trotzdem nicht. Erzeuger – das war das richtige Wort. Vorausgesetzt, dass ihre Vermutung stimmte und ihre Mutter gelogen hatte, würde sie ihn zukünftig ihren »Erzeuger« nennen.

Jenny schlug die Bettdecke zurück. Sie musste ihre Mutter fragen, am besten heute noch. Aber sie wollte es vorsichtig einfädeln. Sie musste ihre Mutter dazu bringen, von ihrer ersten Liebe zu erzählen, von der zweiten und dritten vielleicht, und irgendwann musste dann auch ein Joe vorkommen. Dann würde sie nachhaken und mit ein bisschen Glück passte alles zusammen. Und ihr Vertrauensbruch bliebe für immer unentdeckt.

»Aber das Suchergebnis ...« Karen grub ihren Fingernagel in den Kerzenwachsfleck auf dem Küchentisch.

»Das Suchergebnis interessiert mich einen Scheißdreck!«, brüllte Herr Schenk.

»... über neunhundert Mal«, stammelte Karen in ihr Handy.

»Wissen Sie, wie peinlich das ist? Dick und fett in der Überschrift? Die arme Frau Kroll kann sich vor empörten Leseranrufen gar nicht mehr retten!«

»Aber Frau Kroll hat doch ...«

»Das nächste Mal fragen Sie lieber Ihre Kollegen oder die Dokumentation und nicht irgendeine Suchmaschine.«

»Ja. Tut mir leid.«

»Also. Bis später.« Herr Schenk legte auf.

Karen war den Tränen nahe. Sie schämte sich. Und sie war wütend. Woher sollte sie denn wissen, dass sich das berühmteste Polizeirevier Deutschlands ohne und der gleichnamige Film mit »s« schrieb? Sie war schließlich neu hier! Schenk hatte sie bei der Einarbeitung gemahnt, die Dokumentation nur in Notfällen anzurufen, weil jede Anfrage viel Geld koste. Frau Kroll hatte hinter ihr gestanden, als sie das »s« in »Davidwache« einfügte. Frau Kroll hatte es gesehen und nichts gesagt. So lief das also. Die falsche Schlange sollte ihr noch mal Kaffee bringen!

Karens Blick fiel auf die Pizzapappe im Papiermüll. Rabenmutter, dachte sie und öffnete die Kühlschranktür, obwohl sie wusste, dass der Kühlschrank leer war.

»Guten Morgen.«

Karen fuhr zusammen. Jenny stand hinter ihr.

»Hast du mich erschreckt!«

»'tschuldigung«, sagte Jenny beleidigt. Sie guckte in den Kühlschrank und seufzte.

»Ja, herrje, hab's eben nicht mehr geschafft!«, fuhr Karen sie an.

»Hab ich vielleicht was gesagt?«, giftete Jenny zurück.

Karen ließ sich auf einen Küchenstuhl fallen und vergrub den Kopf in den Händen.

Jenny war irritiert. Weinte ihre Mutter? Aber was hatte sie denn Schlimmes gesagt? Sie hatte sie unabsichtlich erschreckt, mehr nicht. Deshalb brach man doch nicht gleich in Tränen aus. In dieser Stimmung konnte sie jedenfalls gar nichts aus ihr herausbekommen.

Karen rieb sich mit den Handflächen übers Gesicht und seufzte. »War wohl alles ein bisschen viel in letzter Zeit.«

»Weißt du was?«, sagte Jenny. »Du gibst mir Geld und ich kaufe Frühstück ein.«

Karen schüttelte müde den Kopf. »Du bist krank. Du hast eine Gehirnerschütterung.«

»Ach Quatsch, mir geht's gut.«

»Dann kannst du auch in die Schule gehen. Erspart mir den Weg ins Sekretariat.«

Schule. Dieses Thema hatte Jenny längst aus ihrem Kopf gestrichen. Sicherlich würde sie bald wieder zur Schule gehen, aber nicht hier und nicht jetzt.

»Darüber wollte ich mit dir reden. Ich bleibe nicht hier. Ich will wieder zurück.«

Karen guckte an die Decke. »Geht das schon wieder los.«

»Im Ernst. Ich werde bei Tina im Gästezimmer wohnen.«

»Ach ja?«

»Ach ja.«

»Da habe ich ja wohl auch noch ein Wörtchen mitzureden.«

»Sage ich ja: Darüber wollte ich mit dir reden.«

»Da gibt's nichts zu reden. Du bleibst hier.«

Jenny wurde sauer. »Und dass ich hier unglücklich werde, ist dir wohl völlig egal!«

»Ich! Ich! Ich!«, schrie Karen und haute mit der Hand auf den Tisch. »Ist dir mal aufgefallen, dass es immer nur um dich geht?« Sie stand auf und verschwand türenknallend im Bad.

Mit dieser Reaktion hatte Jenny nicht gerechnet. Sie hatte offensichtlich den denkbar ungünstigsten Zeitpunkt gewählt. Und sie war ungeschickt vorgegangen. Das durfte ihr bei der Erzeuger-Frage nicht passieren.

Sie klopfte an die Badtür. »He, tut mir leid. Ich gehe ganz vorsichtig einkaufen, ja?«

Aus dem Bad drang nur ein Schniefen.

Jenny zog sich an, zupfte mit den Fingern ihre platt gelegenen Haare zurecht und zählte ihr Geld. Für ein sehr kleines Frühstück reichte es noch.

Der nächste Supermarkt war nur ein paar Hundert Meter von der neuen Wohnung entfernt. Jenny fuhr über den Parkplatz zu den Fahrradständern vorm Eingang.

Da entdeckte sie ihn.

Ohne darüber nachzudenken, steuerte sie ihr Rad direkt zu dem rostroten Golf. Das war ihre Chance. Sie hatte zwar nichts zu schreiben dabei, aber das machte nichts, sie würde das Kennzeichen auswendig lernen und ihrer Mutter erzählen, dass sie sich plötzlich doch an den Wagen und den Fahrer erinnerte. Immerhin hatte sie eine Gehirnerschütterung, da konnte man schon mal etwas vergessen. Ihre Mutter würde Anzeige erstatten, er müsste die Reparatur ihres Fahrrads bezahlen …

Sie guckte durchs Fahrerfenster. Oder täuschte sie sich? Am Rückspiegel hingen weiße, seidene Mini-Spitzenschuhe. Sie wurde unsicher. In Hamburg gab es tausend rostrote Autos, mindestens. Sah sie jetzt schon weiße Mäuse?

»He, was soll das?«, sagte eine Stimme hinter ihr schroff.

Jenny fuhr herum. Sie hatte sich nicht getäuscht.

»Oh, hallo«, lächelte Marco erschrocken. »Ich hab dich gar nicht erkannt.« Er stellte zwei gefüllte Einkaufstüten auf den Boden vorm Kofferraum. Einen Moment lang schien er zu bedauern, dass er überhaupt etwas gesagt hatte. »Oder verwechsle ich dich vielleicht ...?«

Jenny schüttelte den Kopf. »Marco. Marco Scholz.«

»Richtig«, lächelte Marco vorsichtig. »Und du bist ... nein, nicht sagen ...«

Jenny trat wütend gegen ihr Vorderrad. »Da! Das warst du!«

Marco zog die Nase kraus. »Mist, eine Acht. Damit solltest du nicht mehr fahren.«

Jenny schnaubte. »Toller Tipp, echt.«

»Jenny! Du heißt Jenny, habe ich Recht?«

Jenny nickte knapp.

»Und?« Er sah Jenny fragend an und biss sich ängstlich auf die Unterlippe. »Hast du mich schon angezeigt?«

Jenny wich seinem Blick aus.

»Ich repariere dein Rad natürlich. Höchstpersönlich. Gleich morgen, okay?«

Jenny seufzte unwillig. Es war genau wie bei der ersten Begegnung an der Ampel. Wieder wusste sie nicht, wohin mit ihrer Wut. Und wieder war da dieses völlig unpassende, angenehme Prickeln. So, wie er vor ihr stand, ein bisschen unsicher, verlegen lächelnd, fand sie ihn ungeheuer süß. Doch das wollte sie sich auf keinen Fall anmerken lassen.

»Also schön«, sagte sie so gleichgültig wie möglich.

Marco wirkte erleichtert. »Wozu darf ich dich einladen? Picknick an der Elbe, Rundflug über Hamburg, Fahrt mit dem Heißluftballon? Eiffelturm ist ein bisschen weit.«

Jenny lachte. »Macht nichts. Wird mir sowieso nur schwindelig. Hab ich von meiner Mutter geerbt.«

»Dann vielleicht Kaffee, Eis, Pizza, Spaghetti …«

»Du meinst, jetzt gleich?«, fragte Jenny ungläubig.

»Klar. Man muss die Feste feiern, wie sie fallen. Außerdem bin ich dir was schuldig. Und ich begegne nicht jeden Tag einer so schönen Frau.«

Jenny schluckte. Schön. Er hatte »schön« gesagt. Sie wischte an ihrem Fahrradsattel herum. Jetzt bloß nicht rot werden, dachte sie. Das sagt er nur, weil er ein schlechtes Gewissen hat und nicht will, dass ich ihn anzeige.

»Blaue Augen und braune Haare. Es gibt keine schönere Kombination.«

Da war das Wort schon wieder. »Hübsch« hatte sie manchmal gehört. Von ihrer Mutter, von Tina, von Daniel. Aber »schön« hatte sie noch niemand genannt. Und erst recht nicht »Frau«. Das kam ihr seltsam vor. Dennoch: Für Sekunden fühlte sie sich Tina ebenbürtig. Und das war ein gutes Gefühl.

Marco streckte ihr seine Hand entgegen. »Nimmst du meine Entschuldigung an?«

Jenny schlug ein und zog ihre Hand schnell wieder zurück.

Marco öffnete den Kofferraum und stellte die Einkaufstüten hinein. »Also? Wonach ist dir?« Er klappte den Kofferraum zu und lächelte Jenny erwartungsvoll an.

»Ich muss ... ich wollte ...«

Ich muss nach Hause, meine Mutter wartet auf mich, kam Jenny lächerlich vor. Außerdem wartete ihre Mutter nicht. Die war ausgerastet wegen nichts und hatte sich im Bad verbarrikadiert. Ihre Mutter war jetzt egal.

»Frühstück«, sagte sie.

Marco deutete mit einer knappen Kopfbewegung die Richtung an. Jenny schob ihr Rad neben ihm her.

»Und wie geht's deiner Schwester?«, fragte sie nach einer Weile.

Marco reagierte nicht.

»Wird sie bald aus dem Krankenhaus entlassen?«

Marco schüttelte den Kopf, ohne Jenny anzusehen. »Nein, die hat's übel erwischt. Wie wär's mit einem schönen portugiesischen Milchkaffee?«

Er steuerte auf ein kleines Stehcafé zu, das Jenny vorher gar nicht aufgefallen war, obwohl es in ihrer neuen Straße lag, zwei Ecken von ihrer Wohnung entfernt.

Er hielt ihr die Tür auf. »Süß oder salzig?«, fragte er mit Blick auf den Glastresen.

»Süß«, sagte Jenny.

Marco lächelte sie an. »Stimmt.«

Jenny schoss das Blut in den Kopf. Sie drehte sich schnell weg und ging zum einzigen freien Stehtisch.

Es waren vielleicht sechs, sieben Gäste in dem kleinen Café und fast alle rauchten. Jenny fand Zigarettenrauch grässlich, besonders am Morgen. Sie überlegte sich, wie sie den Geruch ihrer Mutter erklären sollte.

»Vanille?«, rief Marco.

Jenny nickte. Sie betrachtete Marco. Er war mindestens zwei Köpfe größer als sie. Seine kurzen hellbraunen Haare standen stoppelig in alle Richtungen ab. Mit der leicht gebräunten Haut, dem weißen T-Shirt, der hellen Hose und der blauen Jeansjacke sah er aus, als wäre er einem Urlaubswerbespot entsprungen.

Er kam mit mehreren kleinen Kuchen und zwei Milchkaffeegläsern zu ihr an den Tisch.

Eine Weile rührten sie stumm in ihren Gläsern.

»Und was machst du so?«, fragte Jenny und sofort kam ihr die Frage dumm vor.

»Ich studiere«, sagte Marco ernst, ohne von seinem Glas aufzusehen. »Betriebswirtschaft. Hab gerade angefangen.« Er zog eine Packung Zigaretten aus seiner Jackentasche und zündete sich eine an. »Stört es dich?«

Jenny schüttelte den Kopf und biss in ein rundes Vanilletörtchen. Es wunderte sie nicht, dass er rauchte, es passte zu ihm. Ihr gefiel, wie er die Zigarette zwischen den Fingern hielt. Es wirkte zugleich lässig und elegant.

Marco fuhr sich mit der anderen Hand über sein unrasiertes Kinn. »War nicht vorbereitet«, sagte er entschuldigend.

Jenny fand, dass sein Dreitagebart sehr männlich aussah.

»Kratzt«, lächelte Marco sie an, als habe er ihre Gedanken erraten.

Jenny wurde rot. Jetzt konnte sie sich nicht einfach wieder wegdrehen, also wechselte sie schnell das Thema. »Was genau ist deiner Schwester denn passiert bei dem Autounfall?«

Marco nahm einen tiefen Zug und pustete den Rauch lange aus. »Komplizierter Beinbruch. Wird dauern, bis sie wieder tanzen kann.«

»Deine Schwester ist Tänzerin?«, fragte Jenny überrascht.

Marco guckte sie verunsichert an, als hätte sie ihn bei einer Lüge ertappt. »Sie tourt mit 'ner Company. Musicals und so. Wenn sie nicht gerade im Krankenhaus liegt.«

»Toll!«, platzte es aus Jenny heraus.

Sie umfasste ihr Glas mit beiden Händen und überlegte, ob sie auch Musicaltänzerin werden sollte. Immer wenn sie von Berufen hörte, die nicht alltäglich waren, überlegte sie, ob es etwas für sie wäre. Denn während andere in ihrem Alter schon in die Lehre gingen, hatte sie immer noch keine Vorstellung davon, was sie einmal werden wollte. Sie hatte keine herausragenden Begabungen, oder sie hatte sie noch nicht entdeckt. Bis auf ihr Gewicht war alles an ihr durchschnittlich.

»Meinst du, ich kann deine Schwester mal fragen, wie man das wird? Musicaltänzerin?«

»Nein«, sagte Marco knapp.

Jenny zuckte zusammen. Hatte sie etwas Falsches gefragt?

»Ich meine, natürlich kannst du sie fragen, aber ich weiß schon, was sie dir sagen wird: Du bist zu alt, um anzufangen.«

»Oh.« Jenny staunte. Es war das erste Mal, dass sie für etwas zu alt war. Für alles Mögliche war sie noch zu jung, aber ausgerechnet dafür war sie zu alt?

Marco lächelte wieder. »Mach dir nichts draus. Ist ein beschissener Job. Nur Stress und kaum Geld.«

»Und wie kommst du auf Betriebswirtschaft?«

Marco zuckte die Schultern. »Mir ist nichts Besseres eingefallen. Mal sehen. Nach dem ersten Semester entscheide ich neu.«

»Und deine Eltern? Leben die auch in Hamburg?«

Marco zögerte. »Gran Canaria. Sind vor einem Jahr ausgewandert. Hab sie gerade besucht.«

»Deshalb bist du so braun!« Augenblicklich ärgerte Jenny sich, denn spätestens jetzt wusste er, dass sie ihn attraktiv fand. Was war los mit ihr? Wieso hielt sie nicht einfach den Mund?

Marco lächelte verlegen. »Wenn ich dein Rad reparieren soll, muss ich aber wissen, wo du wohnst.«

»Stimmt.«

»Und? Verrätst du's mir?«

»Muss ich ja wohl«, lächelte Jenny.

»Und deine Telefonnummer, falls was dazwischenkommt?«

»Und du gibst mir deine.«

Beide rührten in ihren Gläsern. Jenny trank den letzten Schluck aus.

Marco beugte sich etwas vor und sah Jenny an.

Jenny atmete ein. Er roch nach Seife, frisch und leicht süßlich zugleich.

»Da«, sagte er leise mit Blick auf ihre rechte Wange.

Jenny wischte schnell mit der Hand darüber.

»Darf ich?«, fragte Marco. »Krümel.«

Er strich mit einem Finger über ihren rechten Mundwinkel. Es knisterte lautlos. Jenny hielt die Luft an.

»Noch 'n Kaffee?«, fragte Marco.

Jenny atmete aus und nickte.

»Bist du wahnsinnig geworden?«

Karen knallte die Wohnungstür hinter Jenny zu und schleuderte ihr Handy auf den Küchentisch.

»Was glaubst du, wozu ich dir das Ding da bezahle? Zum Vergnügen?«

Jenny stellte die Einkaufstüte neben den Kühlschrank. »Du bist an meinen Rucksack gegangen?« Sie war so empört, dass sie einen Moment lang die Briefe von Joe vergaß.

»Ja, das bin ich!«, brüllte Karen. »Weil ich mir Sorgen gemacht habe. Weil ich in Panik war, wenn du's genau wissen willst. Verschwindest spurlos mit 'ner Gehirnerschütterung! Seit zwei Stunden warte ich auf dich. Ich war kurz davor, sämtliche Krankenhäuser in Hamburg durchzutelefonieren. Aber das machst du nicht noch mal mit mir. Wenn du mir eins auswischen wolltest, bitte, das ist dir gelungen. Von mir aus kannst du zu Tina ziehen, wenn dich das glücklicher macht. Von mir aus sofort. Am besten, ich rufe ihre Eltern gleich an.« Karen setzte sich erschöpft.

Jenny sah, dass ihre Augen verweint waren. Es stimmte, sie hätte ihrer Mutter Bescheid sagen sollen. Aber was genau hätte sie ihr sagen sollen? Und wie sollte sie es jetzt erklären? Sie habe zwei Stunden an der Supermarktkasse gestanden? Eine Radtour gemacht? Ihre Mutter wusste, dass ihr Fahrrad kaputt war. Ein fremder Mann habe sie angesprochen und zum Kaffee eingeladen? Dass es derjenige war, der sie umgefahren hatte und den sie angeblich nicht wiedererkennen würde, konnte sie ihr schlecht erzählen.

Karen schnüffelte. »Du stinkst nach Rauch.«

»Tut mir leid wegen dem Frühstück«, sagte Jenny schnell, damit ihre Mutter nicht weiter nachfragte.

»Wegen *des* Frühstücks!«

Jenny verdrehte die Augen. »Ach, lass mich doch in Ruhe! So redet kein Mensch!«

Karen fixierte sie böse. »Oh doch. Jeder Mensch mit etwas Niveau.«

»Dein Joe hat auch Fehler gemacht!«

Jetzt war es still.

Karen wandte den Blick ein paar Sekunden ab, dann guckte sie Jenny wieder an. Durchdringend. Fragend.

»Ach Scheiße.« Jenny ließ sich auf den zweiten Küchenstuhl fallen. »Ich habe nur meine CDs gesucht.«

Sie machte sich auf dem Stuhl ganz klein und

traute sich kaum zu atmen. Jetzt war es raus. Das hatte sie so nicht gewollt. Wenn ihre Mutter nie wieder ein Wort mit ihr sprach, konnte sie das verstehen. Doch dann hatte sie außer Tina niemanden mehr. Ihre Großeltern waren lange tot und Geschwister hatte ihre Mutter nicht. Es gab nur noch eine Großtante in der Schweiz, aber die meldete sich nicht mehr. Und die fünfzig Prozent väterlicherseits kannte sie nicht. Jenny verfluchte diesen Joe. Sie wünschte, sie hätte die Briefe nie gesehen. Aber jetzt war es zu spät.

»Na, dann sind wir ja quitt«, sagte Karen mit hängenden Schultern. Natürlich war sie sauer auf Jenny, weil sie die Briefe gelesen hatte. Aber vermutlich hätte sie es genauso gemacht. Außerdem wurde es Zeit.

»Ich habe dich damals angelogen«, sagte sie.

Jenny rührte sich nicht. Jetzt nichts fragen und nichts sagen, dachte sie. Dann wird vielleicht doch noch alles gut.

»Er war meine erste große Liebe. Leider ein Idiot.« Karen machte eine wegwerfende Handbewegung. »Nein, vergiss das Letzte. Er war einfach ... zu jung ... unreif. Hatte nur Fußball im Kopf. Seine blöde Karriere. Jedenfalls ... ein halbes Jahr war alles schön. Und den Rest, den kennst du ja.« Karen betrachtete ihre Fingernägel. »Und jetzt willst du natürlich wissen, warum ich dir das nicht gleich erzählt habe«, sagte sie, ohne Jenny anzusehen.

Jenny schwieg.

»Weil ich ihn nie wiedersehen wollte. Weil er mir

mein kleines unreifes Herz gebrochen hat. Weil ich stolz darauf war, dass ich uns zwei ganz alleine durchgebracht habe. Und darauf bin ich immer noch stolz.«

»Hat er dich denn nicht geliebt?« Es war die einzige Frage, die Jenny in den Sinn kam, aber sie hätte sie am liebsten sofort wieder zurückgenommen, denn jetzt hing sie bedeutungsschwer über dem schmalen Küchentisch.

»Ich bin mir da nicht mehr so sicher«, sagte Karen nach einer kleinen Ewigkeit. »Wahrscheinlich nicht.«

Wie kann man so etwas Wichtiges nicht wissen, wunderte sich Jenny. Das musste man doch spüren! Sie nahm sich vor, niemals mit einem Mann zu schlafen, bei dem sie sich nicht hundertprozentig sicher war, dass er sie auch liebte.

»Und wie ist er so? Ich meine, was macht er? Wie sieht er aus?«

Karen lächelte traurig. »Damals war er der schönste Mann der Welt. Die blauen Augen hast du von ihm. Und die braunen Haare. Und die langen Wimpern auch. Irgendwo habe ich sicher noch Fotos.«

»Und du hast keine Ahnung, was er heute macht? Oder wo er lebt?«

Karen schob die Unterlippe vor und zuckte kaum merklich die Schultern.

»Weiß er von mir?«, fragte Jenny vorsichtig.

»Nach seinem letzten Brief habe ich nichts mehr von ihm gehört.«

»So ein Schwein.« Jenny schüttelte den Kopf. »Und wie heißt er? Joe und weiter?«

Karen schluckte. »Sander. Joachim Sander«, sagte sie leise. »Joe habe nur ich ihn genannt.« Sie stand auf und fuhr mit den Fingern flüchtig über Jennys Stirn. »Entschuldige mich.«

Jenny war überrascht. Ihre Mutter war nicht sauer auf sie. Vorhin war sie noch ausgerastet wegen einer Kleinigkeit, aber den Vertrauensbruch schien sie ihr einfach so zu verzeihen.

»Suchst du die Fotos?«

Karen nickte und verschwand ins Bad.

Abends im Bett überschlugen sich die Fragen in Jennys Kopf. Seit sie in Hamburg angekommen war, passierten nur ungewöhnliche Dinge. Sie dachte an Marco. An seine graugrünen Augen. An seine Hände. An seinen Geruch. Beim zweiten Milchkaffee hatte sie ihm alles erzählt: von Münster, vom Dreifamilienhaus, von Tina, vom Umzug und davon, wie schrecklich sie es fand, nach Hamburg ziehen zu müssen, und dass sie Hamburg nicht mochte, und wie enttäuscht sie von ihrer Mutter war, weil ihr ein fester Job wichtiger war als sie.

Das alles loszuwerden hatte gutgetan. Jetzt befürchtete sie, dass sie ihn mit ihrem Gejammere verschreckt haben könnte. Dass er morgen nicht kommen würde, um ihr Rad zu reparieren. Und wenn doch? War er nicht vielleicht nur deshalb so nett zu ihr, weil er sich vor einer Anzeige fürchtete?

Sie dachte an Joe. Ihren Vater. Erzeuger!, korrigierte sie sich. Ob er verheiratet war? Hatte er Kinder? Die dann ihre Halbgeschwister waren? Wusste ihre Mutter wirklich nicht mehr über ihn? Alles, was sie aus ihr herausbekommen hatte, waren sein Name und dass ihm Fußball wichtiger gewesen war als seine schwangere Freundin. Viel konnte sie damit nicht anfangen. Aber er hatte jetzt einen Namen. Joachim Sander. Das klang gut. Jenny Sander. Auch nicht schlecht. Irgendwie kam ihr der Name bekannt vor. Oder bildete sie sich das ein? Joachim Sander war ein Allerweltsname, so hießen sicher Tausende.

Jenny verschränkte die Arme hinter dem Kopf und seufzte die dunkle Zimmerdecke an. Wirklich berühmt schien er jedenfalls nicht zu sein. Das enttäuschte sie. Wie oft hatte sie sich ausgemalt, was ihr Vater sein könnte. Mal war er ein Popstar, dessen richtigen Namen niemand kannte. Mal war er der Chefdirigent der Metropolitan Opera von New York, ein Schriftsteller, der auf der Bestsellerliste stand, ein Schauspieler, der einen Oscar bekam, ein Arzt, der Blinde heilte und dafür den Nobelpreis erhielt.

Stattdessen musste sie sich jetzt an den Gedanken gewöhnen, dass ihr Erzeuger möglicherweise ein kleiner Angestellter in einer kleinen Firma in einer Kleinstadt war, der samstags im Unterhemd seinen Kleinwagen wusch und im Kreisliga-Verein Fußball spielte. Nein, das mochte sie sich nicht vorstellen. Wenn er schon ein Arschloch war, dann sollte er wenigstens ein herausragendes sein.

Sie nahm sich vor, ihn zu suchen. Seine alte Adresse in Münster musste ihre Mutter noch kennen und es gab keinen Grund, sie ihr nicht zu geben. Die Adresse wäre immerhin ein Anfang. Und selbst wenn seine Familie längst weggezogen war, würde sich noch irgendjemand aus der Umgebung an ihn erinnern. Wenn ihre Mutter diesen Joe nicht wiedersehen wollte, war das ihre Sache. Aber was hatte das mit ihr zu tun? Sie war seine Tochter und hatte ein Recht darauf, ihn kennenzulernen. Ihre Mutter warf ihr vor, immer nur an sich zu denken? Was war es anderes als Egoismus, der Tochter den Vater vorzuenthalten, nur weil man selbst von ihm verletzt worden war? Außerdem wollte sie nichts von ihm. Sie wollte ihn nur einmal sehen. Sie wollte ihm gegenüberstehen, ihm in die Augen sehen, spüren, ob es irgendeine Verbundenheit gab, sie wollte sich ein eigenes Bild von ihm machen, sie wollte selbst entscheiden, ob er ein Arschloch war oder nicht.

Sie wollte ihn wissen lassen, dass es sie gab.

Das war alles, was sie wollte.

Mit diesem Entschluss schlief sie ein.

An den hohen Geräuschpegel musste Karen sich erst noch gewöhnen. An die beiden surrenden Drucker in ihrer Nähe, an den Ticker neben ihrem Schreibtisch, der in unregelmäßigen Abständen die neuesten Agenturmeldungen ausspuckte, an den ununterbrochen laufenden Fernseher, an die ständig klappende Tür in ihrem Rücken, an die vielen Kollegen, die hin und her liefen und durcheinanderredeten.

»Käffchen?«

Und an Frau Kroll. Diesmal hielt sie ein paar Meter Abstand.

Karen wandte ihren Blick nicht vom Monitor. »Danke«, sagte sie knapp.

Scheißfreundlich war die falsche Schlange. Als wäre nichts geschehen. Auch den Kollegen merkte Karen nichts an. Dabei hatten es mit Sicherheit alle mitbekommen, denn Schenk hatte sie direkt vor der Vormittagskonferenz auf ihrem Handy angerufen, also wahrscheinlich schon aus dem Großraumbüro.

»Danke ja oder danke nein?«, lächelte Frau Kroll.

Schenk kam an Karens Schreibtisch vorbei und klopfte ihr auf die Schulter. »Na, alles klar?«, sagte er freundlich und verschwand Richtung Tür.

Karen atmete auf. Die letzten Stunden hatte sie befürchtet, sie müsste ihren Schreibtisch gleich wieder räumen, doch die Gefahr schien gebannt. Sie musste sich jetzt einfach auf ihre Arbeit konzentrieren, dann konnte ihr nichts passieren.

»Danke nein«, sagte sie und schenkte Frau Kroll ein kleines, falsches Lächeln.

Aber genau das war ihr Problem: Sie konnte sich nicht konzentrieren. Daran war nicht der Geräuschpegel schuld, das hatte sie sich selbst eingebrockt. Sie musste die ganze Zeit an Jenny denken. Sie kannte ihre Tochter von allen Menschen am besten, aber sie hatte keine Ahnung, wie es ihr jetzt ging. War sie sauer? Würde sie ihren Vater nun eigenmächtig suchen gehen? Wie würde sie reagieren, wenn sie erfuhr, wer er war?

Wie oft hatte Karen sich vorgenommen, Jenny von ihrem Vater zu erzählen. Und es dann doch nicht getan. Um sie zu schützen. Vor einer Enttäuschung. Vor sich selbst. Und jetzt hatte Jenny von ganz allein nach ihm gefragt. Sie hätte ihr nur noch antworten müssen, doch alles, was sie zu Stande gebracht hatte, war eine halbherzige Beichte. Was, wenn Jenny ihn tatsächlich suchen und finden würde? Wenn er urplötzlich den liebenden Vater in sich entdeckte, von schlechtem Gewissen übermannt? Panik schnürte Karen bei diesem Gedanken den Hals zu. Nein, es gab keine Ausrede mehr. Bevor Jenny sich selbst auf die Suche machte, musste sie mit ihr reden. Vielleicht würde sie vernünftig reagieren. Für diesen Fall war Karen bereit, einen Kontakt herzustellen. Aber nur für diesen Fall.

8

Der Käse auf dem halben Brötchen hatte sich an den Rändern nach oben gebogen. Jenny schob den Teller weg. Ohne meinen Anwalt sage ich gar nichts mehr, kam ihr in den Sinn. Aber das sagte sie nicht, denn sie war froh, dass der schwitzende, schnaufende Herr Schlichtegroll nicht neben ihr saß. Stand er im Stau? Hatte er sein Mandat niedergelegt? Es war ihr egal, denn er glaubte ihr sowieso nicht. Sie wollte nur endlich raus aus diesem muffigen Raum, sie wollte nach Hause, in ihr Bett. Wieso unternahm ihre Mutter nichts? Wieso ließ sie zu, dass man sie einsperrte?

Kommissar Völzow beugte sich zu Jenny über den Tisch und runzelte besorgt die Stirn. »Soll ich dir was anderes bringen? Salamibrötchen vielleicht?«

Jenny schloss die Augen und legte den Kopf in den Nacken. »Wann kann ich endlich gehen?«

Völzow schüttelte den Kopf. »Je mehr wir wissen, desto schneller kommen wir voran. Aber dafür brauchen wir deine Hilfe. Also. Kennst du deinen Vater?«

»Ich habe keinen Vater«, sagte Jenny gereizt. »Außerdem, was hat der denn damit zu tun?«

Völzow stand seufzend auf, griff sich die dünne Mappe, die vor ihm auf dem Tisch lag, und wedelte damit vor Jennys Nase herum. »Mensch, Mädchen, du sitzt in der Scheiße, verstehst du das nicht? Und die Einzige, die dich entlasten könnte, liegt im Koma und wacht vielleicht nie wieder auf.« Er sah Jenny bittend an. »Du musst dringend mit uns zusammenarbeiten. Das ist die einzige Chance, wie du dir selbst helfen kannst.«

In diesem Moment flog die Tür auf. Herr Schlichtegroll rauschte im wehenden Lodenmantel herein. »Meine Mandantin sagt gar nichts mehr!«, sagte er tatsächlich.

Völzow reichte ihm wortlos die dünne Mappe.

Herr Schlichtegroll schlug sie auf, schlug sie wenige Sekunden darauf wieder zu, ließ sich schnaufend auf einen Stuhl fallen und guckte Jenny vorwurfsvoll an.

»Auf der Tatwaffe sind nur deine Fingerabdrücke«, sagte Völzow. Es klang fast ein bisschen traurig.

Ja, natürlich sind auf der Tatwaffe nur meine Fingerabdrücke, dachte Jenny und wog im Geiste die Krücke in der Hand. War sie schwer gewesen? In ihrer Erinnerung hatte sie überhaupt kein Gewicht. Jenny staunte, dass man damit jemanden umbringen konnte. So leicht ging das also.

9

Jenny stellte sich ans Fenster und betrachtete ihr Gesicht im Taschenspiegel. Mit dem Handrücken wischte sie sich den Lippenstift wieder ab. Lippenstift war übertrieben, damit sah sie aus wie ein Clown. Außerdem sollte er sich nicht einbilden, dass sie es für ihn tat. Er sollte nur ihr Fahrrad reparieren.

Es war kurz vor zehn. Um zehn wollte er kommen. Wenn er überhaupt kam.

Der Himmel war dunkelgrau und das, was Jenny von ihrem Fenster aus auf der gegenüberliegenden Straßenseite sah, passte zu diesem trostlosen Morgen. Um die Altglascontainer herum lagen Plastiktüten und Kartons mit Müll. Jenny erkannte ein ausrangiertes Bügelbrett, eine Matratze und – ihr Fahrrad!

Nein, sicher täuschte sie sich.

Sie rannte aus der Wohnung die Treppe hinunter. Ihr Fahrrad war aus dem Treppenhaus verschwunden. Sie stürmte aus der Haustür und guckte sich um.

Nichts. Also doch.

Sie war schon auf halbem Weg zu den Containern, als ein dicker kahlköpfiger Mann aus dem Haus kam und ihr hinterherrief: »Bist du die Neue aus 2R?«

Jenny blieb mitten auf der Straße stehen und guckte sich um. »Aus was?«

»Zweiter Stock rechts. Trautmann. Du hattest doch den Unfall, stimmt's?«

Jetzt erkannte Jenny den dicken Glatzkopf. Der dicke Glatzkopf war Zeuge ihres Fahrradunfalls gewesen.

In diesem Moment hielt der rostrote Golf mit quietschenden Reifen vor ihr. Jenny blickte erschrocken in die graugrünen Augen. In derselben Sekunde kam das Prickeln zurück.

Marco stieg aus.

Der Glatzkopf kniff die Augen zusammen.

»Nichts passiert, machen Sie sich keine Gedanken«, sagte Jenny. »Aber waren Sie das mit meinem Rad?«

»Fahrräder gehören nicht ins Treppenhaus. Das nächste Mal ist es weg.« Der Glatzkopf fixierte Marco zwei Sekunden lang, dann drehte er sich um und ging ins Haus zurück.

»Hi, alles klar?«, sagte Marco und lächelte Jenny an.

Jenny schüttelte den Kopf. »Der spinnt wohl!«

Sie ging über die Straße zu den Containern. Marco folgte ihr.

»Wer war denn das?«

»Keine Ahnung. Vielleicht 'n durchgeknallter Hausmeister.«

Das Fahrrad lehnte am Weißglascontainer. Jenny war erleichtert, denn außer der leichten Acht im Vorderrad schien es in Ordnung zu sein. Und sie freute sich, dass Marco tatsächlich gekommen war.

»Versprochen ist versprochen«, lächelte Marco und kniete sich vors Vorderrad.

Es begann zu nieseln.

»Scheiße.«

Jenny guckte zum Himmel, als suchte sie den Ausschaltknopf. Im nächsten Moment entlud sich die dunkelgraue Wolke über ihnen. Dicke Tropfen knallten auf ihre sorgfältig getuschten Wimpern.

Marco nahm ihre Hand, zog sie mit sich zum Wagen, öffnete ihr mit einer kleinen Verbeugung die Beifahrertür, lief um den Wagen herum und stieg ein.

»Kleine Spritztour gefällig?«

Jenny wischte sich mit Blick in den Rückspiegel die schwarze Farbe unter den Augen ab. Sie schnippte gegen die weißen Spitzenschuhe, die am Spiegel hingen.

Marco ließ den Motor an. »Der Wagen gehört meiner Schwester.«

»Und wohin fahren wir?«

»Zum Hafen? Schiffe gucken?«

Jenny lehnte sich zurück. Es fühlte sich gut an, neben Marco zu sitzen und sich von ihm durch die Stadt fahren zu lassen. Sie betrachtete ihn aus den Augenwinkeln. Der Dreitagebart war weg. Unauffällig lehnte sie sich ein paar Zentimeter nach links und schnupperte. Keine Spur mehr von dem süßlichen Seifengeruch. Was sie roch, musste Rasierwasser sein.

»Sind eigentlich Ferien? Oder wieso gehst du nicht in die Schule?«

»Gehirnerschütterung«, zuckte Jenny die Schultern. »Und du bist schuld.«

»Dann gehörst du aber ins Bett«, sagte Marco ernst.

Jenny grinste. »Wollte ich ja auch. Aber erst wird mein Fahrrad entführt und jetzt ich.«

Eine Weile fuhren sie stumm. Marco bog rechts zum Fischmarkt ab und fuhr auf einen Parkplatz direkt an der Elbe. Der Regen war jetzt so stark, dass man ohne Scheibenwischer nichts mehr sah. Er stellte den Motor aus.

»Es tut mir wirklich leid«, sagte er leise und senkte den Kopf. »Das war unglaublich beschissen von mir, einfach abzuhauen. Ich war wohl gerade in 'nem ganz anderen Film.«

»Wenn ich Geschwister hätte ... oder meine Mutter hätte einen Autounfall ... außerdem hätte ich ja auch aufpassen können.«

Jenny lächelte Marco aufmunternd zu, aber er lächelte nicht zurück. Er guckte sie mit traurigen Augen an.

Jenny verliebte sich in die traurigen Augen. In den Duft aus Rasierwasser und Rauch. In die leicht gebräunten, schlanken Hände. In die hellbraunen Stoppelhaare. In die fleischigen Ohrläppchen. In die dichten Augenbrauen. In den Pickel am Kinn. In das behaarte Muttermal am rechten Mundwinkel.

Marco fuhr mit dem Zeigefinger ganz langsam ihre Oberlippe entlang. »Wo warst du denn so lange?«, flüsterte er. »Ich hab auf dich gewartet.«

Liebe Tina,
wie soll ich ihn beschreiben??? Wo fange ich an????? Er ist so unglaublich süß!!!!! Wir waren auf dem Dom, so heißt der riesige Rummel hier in Hamburg. Er hat einen Scherenschnitt von mir machen lassen. Ich musste ganz still sitzen und er hat mich die ganze Zeit angeguckt. Und den Scherenschnitt rahmt er ein und stellt ihn auf seinen Schreibtisch, hat er gesagt. Dann hat er mir noch eine Rose geschossen und ein Herz gekauft. Rate, was draufsteht? »Mein Engel!« Genau wie bei meiner Mutter! Aber egal. Hab beides zwischen meine Pullis gestopft, bevor sie es entdeckt. Nein, hab wg. Erzeuger noch nichts unternommen. Hat sechzehn Jahre Zeit gehabt, kommt jetzt auf paar Tage nicht an. Aber ist das nicht alles irre? Ewig passiert gar nichts und jetzt gleich so viel! Aber Du musst mir versprechen, kein Sterbenswort zu meiner Mutter niemals, dass Marco der mit dem Unfall ist, sonst zeigt sie ihn doch noch an. Hab ihr natürlich nichts von ihm erzählt. Sie will unbedingt, dass ich im Bett bleibe. Wenn sie erfährt, dass ich mich mit einem Jungen treffe, ist die Hölle los.
Gute Nacht, J.

Sie musste sich entscheiden: entweder Schule und Marco oder mit Gehirnerschütterung im Bett bleiben. Für Letzteres hatte ihre Mutter mit kurzen Kontrollanrufen während ihrer Arbeitszeit gedroht.

Doch die Vorstellung, Marco fast zwei Wochen nicht zu sehen, erschien Jenny unerträglich. Blieb also nur die Schule. Morgen. Morgen würde sie in die Schule gehen. Für Marco. Für ihre Liebe.

Nach dem ersten Kuss war er mit ihr zur Wohnung seiner Schwester gefahren. Dort wohne er übergangsweise, hatte er ihr erzählt und auf den Balkon im ersten Stock eines heruntergekommenen Altbaus gezeigt, und da seine Schwester im Krankenhaus liege ...

Jenny war völlig überrascht gewesen, es ging ihr viel zu schnell und Marco musste das gespürt haben.

»Es passiert nichts, was du nicht willst«, hatte er ihr ins Ohr geflüstert, dann waren sie im strömenden Regen über den Dom gegangen, er hatte sie wieder nach Hause gefahren und wie versprochen ihr Rad repariert.

Aber Jenny wollte ja, sie wollte und hoffte und fürchtete alles. Sie kannten sich kaum. Aber war das wichtig? Mit elf Jahren hatte sie von ihrer Mutter gelernt, was ein One-Night-Stand war, seitdem wusste sie, dass es nicht wichtig war, wie lange man sich kannte. Nein, das war nicht wichtig, denn er war der Richtige. Ihre Mutter hatte Recht gehabt: So etwas spürte man.

»Bist du sicher mit der Schule?« Karen stellte einen Teller mit zwei Scheiben Mettwurstbrot auf den Tisch. »Wenn es zu anstrengend wird, kommst du sofort nach Hause.«

Jenny pustete in ihren Teebecher.

»Dann kann das Attest also in den Müll?« Karen wedelte mit einem Stück Papier.

Jenny blickte auf. Sie sah das Attest zum ersten Mal. »Zeig mal.«

»Also ja oder nein?«

»Ja. Ich will nur mal sehen.« Jenny nahm ihr das Papier aus der Hand. »Da steht ja gar nicht, was ich habe.«

»Natürlich nicht. Das geht die Schule nichts an.«

Voraussichtlich bis 30. April, las Jenny. Das waren tatsächlich noch fast zwei Wochen.

Karen setzte sich und rieb sich die Augen. »Du musst essen.«

»Wieso bist du eigentlich schon auf?«

»Weil ich eine schulpflichtige Tochter habe. Also bitte, wenigstens ein Brot. Oder nimm's mit.« Karen gähnte.

»Du kannst ruhig wieder ins Bett gehen.«

Jenny legte das Attest vor sich auf den Tisch und stellte den Becher darauf ab.

Karen schüttelte müde den Kopf. »Ich muss noch mal mit dir reden. Wegen Joe. Du weißt schon.«

Joe. An den hatte Jenny gar nicht mehr gedacht. Seit dem Kuss im Auto im Regen.

»Ich dachte nur … es wäre schon wichtig, weil … ich könnte es jedenfalls verstehen, wenn du ihn irgendwann mal kennenlernen willst …«

»Ich denk, du weißt nichts über ihn«, sagte Jenny überrascht.

Ihr Handy piepte einmal kurz.

Hab nur von Dir geträumt. M., stand auf dem Display.

Jenny unterdrückte mühsam ihr Strahlen.

»Tina?«, fragte Karen.

Jenny nickte knapp, ohne ihre Mutter anzusehen.

»Willst du immer noch zu ihr ziehen?« Karen klappte die Mettwurstbrote zusammen, stand auf, riss Haushaltspapier von der Rolle und wickelte die Brote ein.

»Mal sehen. Vielleicht geb ich Hamburg 'ne Chance.«

Jenny trank ihren Tee aus. Das Attest hatte einen Becherabdruck. Sie stand auf, zog sich ihre Regenjacke an und schnappte sich ihren Rucksack.

Karen steckte ihr die Brote in die Vordertasche. »Viel Glück, mein Schatz. Du wirst sehen, die sind bestimmt alle sehr nett ...«

Jenny versuchte ein Lächeln. »Bis später.«

Dann war sie weg.

Sie stoppte mit ihrem Fahrrad vor der breiten Freitreppe und guckte an dem roten Backsteingebäude hoch. Sie hatte sich die Schule während der Einarbeitungszeit ihrer Mutter schon einmal kurz angesehen, aber so groß und düster war sie ihr damals nicht vorgekommen. Ein großer Widerwille legte sich über ihren Magen. War ihr übel? Musste sie nicht doch ins Bett?

Nein, sie musste es für Marco tun. Sie brauchte nur noch eine kleine Ermunterung, musste nur noch kurz seine Stimme hören ...

Bei Marco war besetzt. Mit wem telefonierte er so früh am Morgen?

Jemand rempelte sie von hinten an. Eine Busladung Fünft- oder Sechstklässler stürmte an ihr vorbei und rannte johlend die Treppe hoch. Mussten die so viel Krach machen? Jenny konnte sich nicht erinnern, in dem Alter so kindisch gewesen zu sein.

Sie drückte die Wahlwiederholungstaste. Jetzt war nicht mehr besetzt, jetzt sprang sofort Marcos Mailbox an. Sollte sie ihm eine SMS zurückschicken? Doch was sollte sie ihm schreiben? *Hab auch von Dir geträumt*? Nein, das traute sie sich nicht. Sie überlegte, ihm eine Nachricht auf der Mailbox zu hinterlassen, zum Beispiel: Habe mich über deine SMS gefreut. Oder: Ich freue mich auf heute Abend. Doch das traf es nicht im Entferntesten. Sie wollte übersprudeln, aber dazu musste er bei ihr sein. Oder wenigstens Tina, aber die war Hunderte Kilometer weit weg. Stattdessen stand sie vor diesem düsteren Klotz an einem dunkelgrauen Tag und kannte niemanden, mit dem sie ihr Glück teilen konnte, und sie wollte auch niemanden kennen.

Die Schulklingel schrillte. Jenny zuckte zusammen. Der Widerwille wurde größer, er legte sich jetzt schwer auf ihre Brust und drückte. Nein, sie wollte nicht in diese Schule gehen. Nicht heute. Morgen vielleicht. Übermorgen.

Alles war durcheinander. In ihrem Leben stimmte gar nichts mehr. Sie musste es neu ordnen, aber dafür brauchte sie Zeit. Wenn man ihr aber keine Zeit gab, dann musste sie sich welche stehlen.

Sie fuhr nach Hause zurück, schloss leise die Wohnungstür auf und lauschte. Nichts rührte sich. Die Tür zum Zimmer ihrer Mutter war geschlossen. Wahrscheinlich war sie schon wieder eingeschlafen. Jenny schlich in die Küche, nahm das Attest vom Tisch, knickte es mit einer Hand und steckte es in ihre Hosentasche. Dann zog sie die Wohnungstür leise wieder zu und fuhr zur Schule.

Die Schulsekretärin trug Zöpfe, war stark geschminkt und sehr freundlich.

»Das ist gut, dass du kommst. Wir hätten heute auch angerufen, wo Jenny bleibt.«

»Und?«, fragte Jenny vorsichtig.

Die Schulsekretärin lächelte. »Das hat sich mit dem Attest ja nun erledigt. Richte deiner Freundin aber bitte einen lieben Gruß aus und gute Besserung. Und ihre Klasse freut sich auf sie.«

Als Jenny die Tür des Sekretariats hinter sich geschlossen hatte, blieb sie stehen und schluckte, denn jetzt erst wurde ihr klar, dass sie sich irgendwie hätte verkleiden müssen. Als sie selbst konnte sie hier jedenfalls nie wieder auftauchen, ohne dass ihr Betrug aufflog. Das hatte sie nicht bedacht.

Es roch nach Bohnerwachs. Irgendwo hallten Schritte durch den langen, hohen Flur.

Und jetzt?

Sollte sie zurückgehen und sagen, das Ganze sei ein Scherz gewesen? Nein, es war zu spät.

Sie wollte hier weg. Sie rannte nach draußen, setzte sich auf ihr Fahrrad und fuhr los. Ohne Ziel, einfach drauflos. Das half. Beim Fahrradfahren konnte sie das Denken ausschalten. Sie fuhr lange geradeaus, bog in eine sechsspurige Schnellstraße ein und nach einer Weile ging es bergab. Sie breitete die Arme aus und ließ sich rollen. Der Hafen tauchte vor ihr auf, die riesige Schiffswerft, ein Parkplatz. *Der* Parkplatz? Jenny war sich nicht sicher, es hatte zu stark geregnet, aber möglich war es immerhin. Hatte sie Marco hier zum ersten Mal geküsst?

Die Wolken rissen auf, das Wasser glitzerte, die Werft, die Kräne, die Ausflugsdampfer und die kleinen Boote leuchteten, als hätte jemand das düstere Schwarzweißfoto gegen ein freundliches, buntes getauscht.

Jenny schob ihr Fahrrad die Fußgängerbrücke zum Schiffsanleger hinunter, setzte sich auf die einzige Bank, lehnte sich zurück und streckte den Kopf in die Sonne. Die Wärme tat gut. Die Luft. Der Wind.

Sie musste ihrer Mutter alles erzählen, es gab keinen anderen Weg. Dass sie sich verliebt hatte, dass sie nicht wie versprochen zur Schule gegangen war und dass sie das Attest abgegeben und die Schulsekretärin belogen hatte.

Und Marco? Zuerst würde ihre Mutter ihr verbieten, ihn wiederzusehen, aber dann würde sie ihn kennenlernen und ihn mögen, davon war Jenny überzeugt.

Ihr Handy piepte.

Ich vermisse Dich, M., stand auf dem Display.

»Ich dich auch«, flüsterte Jenny.

Die Wahlwiederholungstaste verschwamm vor ihren Augen. Sie atmete tief durch.

Bei Marco war besetzt. Mit wem telefonierte er schon wieder? Wieso erreichte sie ihn nicht?

Jenny staunte, als sie nach Hause kam. Sie hatte alles Mögliche erwartet, nachdem sie festgestellt hatte, dass sie von ihrer Radtour nicht mehr rechtzeitig bis Schulschluss zurück sein würde. Aber mit einer gut gelaunten Mutter und einem liebevoll gedeckten Tisch hatte sie nicht gerechnet.

»Du siehst ja völlig durchgefroren aus«, sagte Karen besorgt und schüttete Spaghetti in einen Topf mit kochendem Wasser.

»Was gibt's denn zu feiern?«, fragte Jenny vorsichtig.

»Na, deinen ersten Tag an der neuen Schule zum Beispiel. Wie war's denn? Erzähl doch mal. Bist du schon mit jemandem zurückgegangen?«

Jenny verstand nicht. »Zurückgegangen?«

»Na ja ... ich meine jemanden, der denselben Schulweg hat ... oder so.« Karen schob die harten Spaghettienden mit der flachen Hand in den Topf und zuckte zurück. »Oder hat euer Lehrer überzogen?«

Jenny seufzte. Sie musste es ihr sagen. Jetzt.

»Ich war nur im Sekretariat.«

»Ach so, deswegen«, sagte Karen erleichtert. »Und? Haben sie dich schon vermisst? Und auf die böse Mutter geschimpft, die ihre Tochter nicht krankmeldet?« Sie balancierte einen Teelöffel mit

Tomatensoße zu Jennys Mund. »Aber das hat sich ja erledigt zum Glück.«

Jenny öffnete den Mund mechanisch und leckte den Teelöffel ab.

»Du glaubst gar nicht, wie froh ich bin. Die letzten Tage hab ich gedacht, es geht nur noch alles schief. Aber wahrscheinlich ist das ganz normal. Ist ja auch alles eine riesige Umstellung. Auch für dich. Glaub mir, Schatz, ich weiß, dass das nicht einfach für dich ist. Und ich weiß es sehr zu schätzen, dass du in die neue Schule gehst.« Karen zupfte liebevoll an Jennys Pony herum.

Jenny rührte sich nicht. »Und was, wenn ich doch nicht gehe?«

Karen hob gespielt streng den Zeigefinger. »Gegangen wäre. Konjunktiv zwei. Modus der Unwirklichkeit.«

Jenny schloss die Augen.

Karen lachte und holte zwei tiefe Teller aus dem Schrank. »Schon gut, ich hör ja auf! Aber jetzt erzähl doch mal. Bist du wieder die Älteste?«

Jenny zuckte die Schultern. Sie brachte es nicht fertig.

»Na ja, woher sollst du das auch schon am ersten Tag wissen. Außerdem ist es egal. Je älter du wirst, desto unwichtiger wird der Altersunterschied.« Sie rührte abwechselnd im Soßen- und Spaghettitopf. »Apropos«, sagte sie beiläufig. »Gibt es da jemanden?«

Sie hat mich mit Marco gesehen, dachte Jenny alarmiert.

Karen lächelte Jenny aufmunternd an. »Sieht er gut aus? Kenne ich ihn? Nein, ach Quatsch, wen kenne ich hier schon ...«

Jenny antwortete nicht. Ihre Mutter hatte sie nicht mit Marco gesehen, sonst hätte sie nicht gefragt, ob er gut aussieht. Blieb als Erklärung nur die Rose und das Lebkuchenherz.

»Du bist an meine Sachen gegangen?«

»Ich wollte es nicht, ich schwör's«, sagte Karen mit düsterer Miene. »Ich hab nur geguckt, ob was in die Reinigung muss. Außerdem Achtung, mein Fräulein! Wer im Glashaus sitzt ...«

»Na super! Dass ich Joes Briefe gelesen habe, ist jetzt die Rechtfertigung für alles oder wie?«

»Nein, natürlich nicht ...«

Jenny wurde immer wütender. Sie musste sich beeilen. »Komm bloß nicht auf die Idee, mir irgendwas zu verbieten. Damit ist Schluss. Wenn ich bei Marco übernachten will, dann übernachte ich bei ihm. Und wenn ich meinen Vater suchen will, dann suche ich ihn, davon wirst du mich nicht abhalten. Du hättest mir doch nie von ihm erzählt. Ich musste es durch Zufall erfahren. Bloß weil er dich verletzt hat. Was kann ich denn dafür?« Jenny hickste.

»Aber darüber wollte ich ja mit dir reden«, sagte Karen unglücklich.

»Ach, auf einmal!« Sie hickste wieder. Es hatte keinen Zweck. »Lass mich doch in Ruhe!«, schrie sie, sprang auf, lief in ihr Zimmer und schlug die Tür zu.

Karen starrte auf die Überschrift auf ihrem Monitor. *Zurücklehnen im Millonenpolster*, stand dort und sie registrierte sofort das fehlende i, doch mit ihren Gedanken war sie bei Jenny.

Wie konnte es nur so schrecklich schiefgehen? Wieso war Jenny ausgerastet? Wer war Marco? Wo hatte Jenny ihn kennengelernt? Warum hatte sie ihr nichts von ihm erzählt? Gerade, als Karen glaubte, es sei nun alles gut, schien alles schlimmer als zuvor. Sie konnte es sich nicht erklären. Sie war doch ganz behutsam vorgegangen. Sie hatte doch nicht vorsätzlich in Jennys Sachen gewühlt. Und natürlich ging Jenny jetzt nicht ans Telefon. Diese Phase kannte sie schon, die konnte Tage dauern.

»Die Theaterbeilage.«

Plötzlich stand Frau Kroll neben ihr und legte einen Stapel Zettel auf ihren Tisch.

»Muss bis morgen früh fertig sein.«

»Bis morgen früh?«, fragte Karen überrascht.

»Ja natürlich, was haben Sie denn gedacht?« Frau Kroll guckte über ihren Brillenrand. »Da fehlt ein i.«

»Danke«, lächelte Karen knapp.

»Aber jetzt sagen Sie doch mal, ist das nicht ein Ding?« Frau Kroll stieß sie kumpelhaft an und deutete mit dem Kinn Richtung Monitor. »Siebentausend am Tag verdient so 'n Fußballfuzzi! Am Tag!«

»Was? Wer?« Was wollte die Kroll von ihr? Die sollte sie in Ruhe lassen.

»Ach so, ich dachte, Sie hätten den Artikel schon gelesen. Aber ach, wissen Sie, ich reg mich nicht mehr auf. Mir ist das letztlich egal.« Frau Kroll rückte ihre Brille zurecht und ging zu ihrem Schreibtisch zurück. »Ich wüsste auch gar nicht, was ich mit so viel Geld anfangen sollte.«

Nervensäge, schimpfte Karen still. Sie fügte das fehlende i in »Millonenpolster« ein und las den Artikel.

Arschloch, dachte sie.

Ihre Mutter hatte noch einige Male an ihre Zimmertür geklopft. Beruhigend auf sie eingeredet. Entschuldigend. Dann war sie irgendwann zur Arbeit gegangen.

Jetzt saß Jenny auf der Eingangstreppe des heruntergekommenen Altbaus und wartete auf Marco. Sie lehnte sich an den blauen, zusammengeknoteten Müllsack, in den sie wahllos ein paar Sachen zum Anziehen gestopft hatte, und nahm das Mettwurstbrot aus der Vordertasche ihres Rucksacks. Sie hatte den ganzen Tag noch nichts gegessen.

Ihr Schluckauf war weg, aber sie war immer noch wütend. Auf ihre Mutter, auf Tina, auf Joe, auf Hamburg. Und auf Marco, denn sie hatte ihn immer noch nicht erreicht. Sie hatte bei *I. Scholz* Sturm geklingelt, sich vor den Balkon gestellt und hinaufgerufen und mindestens zehnmal die Wahlwiederholungstaste gedrückt. Sie wollte Marco wenigstens vorwarnen, denn sie war viel zu früh. Außerdem war es ihr unangenehm, einfach so vor seiner Tür zu sitzen. Wie sehr hatte sie sich auf heute Abend gefreut. Wie gern hätte sie sich für ihn hübsch gemacht. Aber sie hatte es zu Hause nicht ausgehalten.

Weil es kein Zuhause war. Der Geruch, die Geräusche, der Blick aus dem Fenster, alles war fremd. Marco war nicht fremd, er war vertraut, auch wenn sie sich kaum kannten.

Ihrer Mutter hatte sie eine kurze Notiz hinterlassen, damit sie gar nicht erst auf die Idee kam, die Polizei zu alarmieren.

Ihr Handy klingelte. Inzwischen erkannte sie die Büronummer ihrer Mutter. Sie ließ es klingeln.

Als sie wieder aufblickte, sah sie den rostroten Golf. Er entfernte sich. Er musste an ihr vorbeigefahren sein. Ob es Marco war, konnte sie nicht mehr erkennen. Und saß nicht jemand auf dem Beifahrersitz? Aber wenn er es war, warum fuhr er dann wieder weg? Direkt vor ihr am Straßenrand waren zwei Parkplätze frei. Das ergab keinen Sinn. So unwahrscheinlich es gewesen war, Marco auf dem Supermarktparkplatz wiederzutreffen, so wahrscheinlich war es jetzt, dass sie sich irrte. In Hamburg gab es tausend rostrote Golf. Mindestens.

Bitte ruf an! Mama, stand auf dem Display ihres Handys. Das Piepen hatte der Lärm der vierspurigen Straße verschluckt.

Einmal versuche ich es noch, dachte Jenny.

Es war weder besetzt noch sprang die Mailbox an. Es klingelte.

»Hallo?«

»Marco?«

»Ja?«

»Ich bin's, Jenny …«

»Hi. Bin gleich da.«

Dann war er wieder weg.

Sie hatte sich also nicht geirrt, er war an ihr vorbeigefahren. Er hatte sie gesehen, aber er musste noch schnell etwas Wichtiges erledigen, etwas Eiliges, das keinen Aufschub duldete. Und eben gerade war es ungünstig gewesen zu telefonieren. Weil er noch im Auto saß. Weil er gerade einparkte. Aber er war da. Er war endlich ans Telefon gegangen. Jenny überlegte, was gewesen wäre, wenn sie ihn nie wieder erreicht hätte. Die Wohnung war die Wohnung seiner Schwester, und diese Schwester lag in irgendeinem Krankenhaus. Sie kannte nicht mal ihren Vornamen. Und die Telefonbucheinträge hätten ihr auch nichts genützt, weil Marco offiziell gar nicht hier wohnte. Aber sie hatte ihn erreicht. Jeden Moment würde er um die Ecke kommen und bei ihr sein.

Und dann kam er tatsächlich um die Ecke, lief strahlend und mit ausgebreiteten Armen auf sie zu und sagte überrascht: »Nanu, du bist ja schon da!«

Er küsste ihre Nasenspitze, ihre Stirn und ihren Mund.

Jenny war verwirrt. »Aber du hast mich doch schon gesehen.«

Marco sah sie fragend an.

»Du hast doch gesagt: Bin gleich da!«

»Ach ja?« Er lächelte. »Da kannst du mal sehen. Du bringst mich ganz durcheinander. Ist was passiert?«

Jenny schüttelte den Kopf.

»Sei mir nicht böse, ich muss gleich noch mal los,

meiner Schwester ein paar Klamotten ins Krankenhaus bringen. Wenn du willst, kannst du oben auf mich warten.«

Jenny folgte Marco ins Treppenhaus. Es stank nach Kohl. Umständlich presste sie sich den Müllsack vor die Nase, bis die Wohnungstür hinter ihr geschlossen war. Sie atmete auf. Hier roch es nach Marco. Nach Rasierwasser und Rauch.

»Im Kühlschrank ist Bier, Cola und Saft. Bedien dich, okay?«

Marco öffnete den klapprigen Kleiderschrank im Flur und zog mit gezieltem Griff eine schwarze Strickjacke und zwei ärmellose Sommerkleider heraus. »Und wenn ich gleich wiederkomme, bin ich nur noch für dich da.«

Er küsste sie flüchtig auf die Stirn, warf ihr im Rausgehen eine Kusshand zu und rannte die Treppe hinunter, ohne sich noch einmal umzudrehen.

Zögernd sah Jenny sich um. An der Wand gegenüber der Wohnungstür hing ein großer Glasrahmen mit Fotos. Es schienen alles Aufnahmen aus Musicals zu sein, in denen Marcos Schwester aufgetreten war. Es waren hauptsächlich Ensemblefotos, und die vier Porträts zeigten sie in Kostüm und Maske, so dass Jenny nur ahnen konnte, wie sie wirklich aussah. Das Einzige, was sich auf allen vier Fotos glich, waren ihre hellblauen Augen.

Jenny ging in das einzige Zimmer. Rechts neben der Tür war eine Kochnische, in der Spüle stand ein Kaffeebecher, ansonsten sah die Küchenzeile unbenutzt aus. Davor stand ein kleiner Tisch mit zwei

Baststühlen, gegenüber ein großes Bett, zwei dicke Daunendecken lagen zerwühlt am Fußende. Und wo schlief Marco, wenn seine Schwester nicht im Krankenhaus lag?

In diesem Moment entdeckte Jenny den Schlafsack, der aufgerollt an der Wand lehnte.

Der spartanischen Einrichtung nach schien seine Schwester als Tänzerin tatsächlich wenig Geld zu verdienen. Vielleicht war die Wohnung aber auch typisch für jemanden, der ständig auf Tournee war und in Hotels wohnte. Jenny fiel auf, dass es keinen Schreibtisch, keinen Computer und kein Bücherregal gab. Auch kein Buch, das auf Marcos Studium hindeutete. Nur ein paar aufeinandergestapelte Taschenbuchromane neben dem Bett. Wie und wo studierte er?

Neben den Büchern lag eine Zigarrenkiste. Jenny klappte sie auf und fand einen Haufen Kondome in verschiedenen Farben und Geschmacksrichtungen. Sie klappte die Kiste wieder zu und legte sie auf den Boden zurück. Das Privatleben seiner Schwester ging sie nichts an.

Sie guckte ins Bad. Es war winzig wie die ganze Wohnung. Das Waschbecken glänzte. Hatte Marco es extra für sie geputzt? Sie selbst fühlte sich schmutzig. Klebrig. Und das am Abend aller Abende. Sie zog sich aus und kletterte über die Toilette in die Dusche.

Da entdeckte sie seitlich am Spiegelschrank noch ein Foto. Seine Schwester hatte einen Arm um Marco gelegt und strahlte ungeschminkt und sonnengebräunt in die Kamera. Marco lächelte sie an. Sie hatte einen kurzen blonden Lockenkopf, eine Stupsnase und Sommersprossen. Sie musste einige Jahre älter sein als er. Ähnlichkeit hatte sie überhaupt nicht mit ihm.

Das Duschen tat gut. Das Badehandtuch roch nach Marco. Jenny zog es vom Handtuchhalter und wickelte sich darin ein.

»Huhu!«, rief Marco und klopfte an die Badtür. »Bin wieder da! Aber noch nicht rauskommen. Erst wenn ich sage: Jetzt!«

Jenny wischte ein Stück des beschlagenen Spiegels frei und betrachtete sich. Schön, hatte Marco gesagt. Zumindest nicht hässlich, entschied sie für sich.

Sie musste das alles Tina mailen. Ihren Betrug mit dem Attest. Ihren Krach mit ihrer Mutter. Dass sie von zu Hause abgehauen war. Dass sie in Marcos Badehandtuch steckte …

»Jetzt!«, rief Marco nach einer Weile.

Jenny öffnete die Badtür. Auf dem Boden vor ihr reihte sich ein rotes Schokoladenherz an das nächste. Die Schokoladenherzschlange führte sie vom Bad durch den Flur ins Zimmer und endete vorm Bett. Eine Kerze brannte auf dem Stapel aus Taschenbuchromanen. Marco saß in T-Shirt und Shorts am Bettende, wickelte ein Schokoladenherz aus, steckte eine Hälfte in den Mund und sagte undeutlich: »Abbeißen!«

10

Völzow saß Jenny gegenüber und lächelte sie aufmunternd an. »Also, du hast bei ihr geklingelt, sie hat dir geöffnet, dich hereingelassen, dann habt ihr Streit bekommen, du hast ihr die Krücke aus der Hand gerissen und sie erschlagen. Oder zumindest fast, vielleicht wacht sie ja doch wieder auf.«

Jenny schwieg.

»Oder war es andersherum? Du warst in ihrer Wohnung, sie ist unerwartet nach Hause gekommen und wurde wütend, weil sie nicht wusste, dass du dort wohnst. Und du wohntest doch dort, oder?« Völzow beugte sich zu Jenny über den Tisch und versuchte ihren Blick zu erzwingen. »Zumindest wurden unter dem Bett deine Sachen gefunden.«

Jenny guckte knapp an Völzow vorbei und schwieg weiter. Sie sagte schon seit Stunden nichts mehr. Seit Stunden wusste sie nichts mehr. Hatte der Kommissar vielleicht Recht? Hatte sie nicht Grund genug gehabt? Nur, dass sie ihre Sachen nicht unter das Bett gestopft hatte, wusste sie sicher. Das musste Marco gewesen sein.

Herr Schlichtegroll ruderte aufgebracht mit den

Armen. »Das sind alles Märchen!«, schnaubte er. Er sah lächerlich aus.

Völzow wandte sich erneut Jenny zu. »Hör zu, Jenny. Wir haben auch Spuren von anderen Personen in der Wohnung gefunden. Fingerabdrücke. Und die Fingerabdrücke einer dieser Personen können wir zuordnen, die sind registriert. Du würdest uns sehr helfen, wenn du uns zu dieser Person etwas sagen kannst. Und dir hilfst du damit auch.«

»Was soll das Theater? Wir wissen doch alle, wen Sie meinen«, sagte Schlichtegroll scharf.

»Ich möchte, dass Jenny mir den Namen selbst nennt«, sagte Völzow ruhig, ohne den Blick von Jenny zu wenden.

»Ich möchte meine Mutter sehen«, brach Jenny plötzlich ihr Schweigen.

»Was ist?«, schnaufte Schlichtegroll in Völzows Richtung. »Haben Sie nicht gehört? Sie möchte ihre Mutter sehen! Verständlich, oder?«

Völzow ging vor Jenny in die Hocke und sah sie eindringlich an. »Wen schützt du, Jenny? Und warum?«

Jenny wich seinem Blick aus und guckte zu Boden.

11

Es wurde immer noch früh dunkel. Wie spät mochte es sein? Acht Uhr? Neun? Oder schon zehn?

Jenny hatte ihre Mutter nicht angerufen und sie hatte Tina nicht gemailt. Sie lag neben Marco in der kleinen Wohnung seiner Schwester unter einer Daunendecke und staunte.

Das erste Mal ist immer enttäuschend, hatte Tina gesagt.

Aber nein, sie war gar nicht enttäuscht. Und woher zum Teufel nahm Tina dieses »immer«? Zum ersten Mal fand Jenny Tina arrogant. Immerhin konnte sie jetzt mitreden.

Nein, sie war nicht enttäuscht. Sie verstand nur nicht, wieso die Menschen solch einen Wirbel um das erste Mal machten. Marco war lieb und zärtlich gewesen. Und er hatte ganz selbstverständlich ein Kondom benutzt. Hätte Joe das damals auch getan …

An diesem Punkt hörte Jenny auf zu denken. Sie war müde. Und sie wusste nicht, was sie denken sollte. Sie war immer noch froh darüber, nicht abgetrieben worden zu sein. Sie wollte jetzt auf gar keinen Fall ein Kind. Sie musste Marcos Schwester dankbar sein. Ihrem Vorrat in der Zigarrenkiste. Marco hatte sich daran einfach bedient. Sie selbst hatte nichts unternommen. Das nahm sie sich übel.

Was wäre gewesen, wenn …

Was wäre gewesen, wenn sie Marco nach dem Unfall nicht hinterhergefahren wäre? Dann läge sie jetzt nicht neben ihm. Nein, das mochte sie sich nicht vorstellen, denn es fühlte sich gut und richtig an neben ihm, das wollte sie nie wieder missen.

Marco drehte sich im Halbschlaf zu ihr um und umfasste mit einem Arm ihre Taille. Jenny zog sich die Decke über den Kopf und schloss die Augen. In diesen Sekunden, bevor sie einschlief, war sie der glücklichste Mensch der Welt.

Sie wurde von einem Rascheln geweckt.

Dann hörte sie ein seltsames Klacken, das sich näherte.

Jenny lag starr vor Schreck unter der Decke und wagte nicht zu atmen.

Plötzlich spürte sie einen Luftzug an den Beinen, so als hätte jemand die Bettdecke angehoben. Marco konnte es nicht sein, denn seine Hand lag unter ihrem Po.

Ein frischer, leicht süßlicher Seifengeruch kroch in ihre Nase. Sie kannte diesen Geruch, sie kannte ihn von Marco, von ihrem zufälligen Treffen, vom portugiesischen Stehcafé. Seitdem hatte er nie wieder so gerochen.

Direkt neben ihrem Bett stand jemand. Sie konnte es mit jeder Pore spüren. Dieser Jemand roch, wie Marco am Anfang gerochen hatte. Dieser Jemand stand da und rührte sich nicht. Dieser Jemand konnte sie jeden Moment umbringen.

Einige Sekunden lang war es vollkommen still.

Jenny spürte keinen Luftzug mehr an den Beinen.

Dann plötzlich wieder das seltsame Klacken, aber diesmal entfernte es sich. Und dann …

Jenny zuckte zusammen. Es klang, als hätte jemand die Wohnungstür zugezogen.

Marco zog seine Hand unter Jennys Po hervor und drehte sich seufzend um.

Jenny lauschte.

Jetzt war es wieder still.

Sie nahm allen Mut zusammen und setzte sich mit einem Ruck auf. Es war fast so dunkel wie unter der Bettdecke, so dass sie einen Moment brauchte, um Konturen zu erkennen.

»Was ist denn?«, gähnte Marco gequält, knipste eine kleine, schirmlose Nachttischlampe an und kam hoch.

»Scht!« Jenny blinzelte. Das Licht war unangenehm. »Da war jemand.«

»Was?«

»Da war jemand! Ich hab's genau gehört. Und gerochen.«

»Gerochen?« Marco ließ sich aufs Bett zurückfallen. »Das hast du geträumt.«

Jenny schüttelte den Kopf. »Es hat geraschelt. Und seltsam geklackt. Und die Tür wurde zugezogen. Und meine Füße waren plötzlich kalt.«

»Weil du sie nicht richtig zugedeckt hast«, seufzte Marco und knipste das Licht wieder aus. Er zog Jenny zu sich heran und nahm sie in den Arm.

»Und der Geruch?«, fragte Jenny. Konnte man Gerüche denn träumen?

»Welcher Geruch?«

»Nach Seife. Wie du im Café.«

Marcos Umarmung lockerte sich. Ein wenig nur, aber spürbar.

»Ich guck nach«, sagte er. »Aber nur, wenn du mir versprichst weiterzuschlafen, okay?«

»Meinst du, deine Schwester war hier?«, fragte Jenny leise.

»Mit einem komplizierten Beinbruch?« Marco beugte sich über sie und strich ihren Pony zur Seite. »Du hast schlecht geträumt, mein Engel. Und damit das nicht wieder passiert, bewache ich ab sofort deinen Schlaf.«

Er legte eine Hand auf ihre Stirn und strich sanft über ihr Gesicht. Dann stand er auf, ohne Licht anzumachen, und tastete sich langsam Richtung Bad.

Jenny lauschte angespannt. Die Toilettenspülung rauschte. Sie hörte Marcos Stimme. Wütend. Gedämpft. Wen rief er mitten in der Nacht an? Was verheimlichte er ihr?

Als er nach einigen Minuten wieder ins Zimmer kam, war Jenny immer noch wach. Sie beobachtete, wie er zum Fenster schlich, leise den Vorhang aufzog, die obere Fensterklappe öffnete und sich eine Zigarette anzündete.

Jenny sah nur seine Konturen und das Aufglimmen der Zigarette vor der Fensterscheibe. Ein Bild wie aus einem alten amerikanischen Krimi. Ein Detektiv kurz vor der Lösung seines Falls. Aber es war kein Film, es war real. Sie musste unbedingt wissen, mit wem er telefoniert hatte.

»Marco?«, sagte sie leise.

Marco pustete den Rauch schnell aus. »Wieso schläfst du nicht?«, fragte er gereizt.

»Warum hast du eigentlich keinen Computer?«

Marco zögerte. »Was? Wieso? Wer sagt, dass ich keinen habe?«

»Oder einen Schreibtisch. Und wo sind deine Bücher?«

»Bücher? Welche Bücher? Was soll das? Wieso schläfst du nicht?«

Was war so falsch an ihren Fragen? Jenny zog sich die Bettdecke über den Kopf.

»Ich bin nun mal ein Fan von Bibliotheken. Und mein Notebook ist im Schließfach in der Uni. Da hab ich so 'ne Art festen Platz.«

Natürlich. Das erklärte alles. Darauf hätte sie auch selbst kommen können. Sie stellte sich Marco vor, wie er in der Uni-Bibliothek still vor sich hin arbeitete, rund um sich herum andere Studenten, in ihre Notebooks und Bücher vertieft.

»Wie heißt deine Schwester eigentlich?«

Marco seufzte. »Ilka. Wieso?«

»Nur so. Und wie alt ist sie?«

»Was soll das? Wird das hier ein Verhör mitten in der Nacht?«

Marco wandte ihr den Rücken zu und pustete den Rauch nach oben zur offenen Klappe.

Jenny machte sich unter der Bettdecke ganz klein. Sie verstand nicht, wieso Marco so gereizt reagierte. So kannte sie ihn nicht. »Was ist denn? Habe ich was Falsches gesagt?«

Marco wandte ihr noch immer den Rücken zu und schüttelte den Kopf.

Betrunkene grölten auf der Straße. Ein Hund fing an zu bellen.

Dann war es wieder still.

»Ist was nicht in Ordnung?«, fragte Jenny leise.

»Ja«, sagte Marco knapp. Er zog an seiner Zigarette und pustete den Rauch langsam wieder aus. »Ich hab mich in dich verliebt.«

Das klang ärgerlich.

Jenny musste lachen. »Und? Ist das so schlimm?«

Marco öffnete das Fenster, warf die Zigarette nach draußen, drehte sich zu Jenny um, holte tief Luft, breitete die Arme wie zu einem Würgeangriff aus und ging ganz langsam auf sie zu.

»Ich kann es nun mal nicht leiden, wenn ich den Verstand verliere. Da bin ich ein bisschen seltsam.«

Er stürzte sich auf sie. Jenny lachte laut auf.

»Und mit wem hast du eben telefoniert?«

Marco ließ sich entnervt neben sie fallen. »Meine Sache, okay?«

Jenny war beleidigt. Und zugleich schämte sie sich für ihre Frage, denn nun war klar, dass sie gelauscht hatte. Natürlich war es seine Sache, mit wem er telefonierte. Aber wieso machte er solch ein

Geheimnis daraus? Sie drehte sich auf die Seite und wandte ihm den Rücken zu. Sie war hellwach.

»He«, flüsterte Marco nach einer Weile. »Engelchen. War nicht böse gemeint.« Er drehte sie sanft auf den Rücken und küsste sie auf den Mund. »Machen wir am Wochenende was Schönes? Wir könnten rausfahren. Picknick? Wie wär's?«

»Toll« blieb Jenny im Hals stecken. Am Samstag wollte Tina nach Hamburg kommen. Jenny erzählte Marco, dass der Besuch seit Wochen geplant war, in Stein gemeißelt, daran führte kein Weg vorbei.

»Bitte«, sagte Marco kühl und starrte an die Decke, »wenn dir deine Tina wichtiger ist ...«

Jenny stützte sich auf den Unterarm und betrachtete verblüfft Marcos Profil. Er war eingeschnappt. Eifersüchtig. Unwillkürlich strahlte sie und hoffte, dass er es in der Dunkelheit nicht sah. Sie küsste ihn auf die Nasenspitze.

»Nein«, hauchte sie zu ihrer eigenen Überraschung, »so wichtig ist sie mir nicht.«

Karens Augen waren gerötete, geschwollene Schlitze. Sie hatte die ganze Nacht nicht eine Sekunde geschlafen. Als sie nach der Arbeit festgestellt hatte, dass Jenny nicht zu Hause war, wollte sie die Polizei alarmieren. Die Nachricht auf dem Küchentisch hatte sie abgehalten. *Bin bei Marco. Bin morgen zurück. Jenny,* stand flüchtig geschrieben auf einem Fetzen Haushaltspapier.

Dennoch war Karen immer wieder kurz davor gewesen, Jenny als vermisst zu melden. Sie war noch ein Kind. Eine Heranwachsende, na schön, aber noch nicht alt genug, um in einer fremden Stadt die Nacht mit einem fremden Mann zu verbringen. Doch was hätte sie tun können, um es zu verhindern? Sich vorsorglich im Verlag krankmelden? Jenny einsperren? Festbinden? Nach Münster zurückgehen lassen? Karen wusste, dass sie versagt hatte, sie wusste nur nicht, was sie hätte anders machen können.

In ihrer Verzweiflung hatte sie sogar ihre Tante Ria in der Schweiz mitten in der Nacht angerufen, obwohl sie wütend auf sie war, denn sie meldete sich einfach nicht mehr, antwortete nicht auf Briefe, Faxe und Mails. Sogar Jennys letzten Geburtstag hatte sie vergessen, so dass Karen schon annehmen musste, ihre einzige Verwandte neben Jenny wäre tot. Doch diesmal war Tante Ria ans Telefon gegangen, hatte ihr zugehört und sogar ihre Hilfe angeboten, und es hatte gutgetan, ihr von ihrem Kummer zu erzählen.

Jetzt stand Karen vor der breiten Freitreppe des roten Backsteingebäudes und wartete.

Die Schulklingel schrillte. Schüler gingen, rannten, schlichen die Treppe hoch an ihr vorbei, einige rempelten sie an, ohne sich zu entschuldigen. Ein paar genervte Blicke machten ihr klar, dass sie es war, die im Weg stand.

Von Jenny keine Spur.

Vielleicht war sie schon im Gebäude, vielleicht saß sie längst in ihrer neuen Klasse auf ihrem Platz. Karen überlegte, zu den Fahrradständern zu gehen und nach ihrem Rad zu suchen. Aber dann könnte sie sie verpassen. Nein, sie würde hier stehen bleiben und so lange warten, bis der Unterricht anfing.

Sie wollte einfach nur wissen, ob es Jenny gut ging.

Guten Morgen, mein Engel, musste schon los in die Uni. Sehen wir uns heute Abend? Ich vermisse Dich jetzt schon. War schön! Ich küsse Dich, M.

Jenny hatte den Zettel wieder und wieder gelesen. Er hatte neben ihr auf dem Kopfkissen gelegen. Da war er, der handgeschriebene Liebesbrief. Es war zu schön, um wahr zu sein, es war nahezu perfekt. Jetzt musste sie nur noch die dumme Geschichte mit dem Attest wieder geradebiegen und alles wäre gut. Sie hatte Marco von ihrem Betrug erzählt und er hatte den Kopf geschüttelt und etwas Seltsames gesagt: »Fang lieber gar nicht erst so an. Irgendwann kommst du nicht wieder raus.« Jenny wollte wissen, wie er das meinte. Aber er hatte nicht geantwortet. »Versprich mir, dass du es deiner Mutter morgen erzählst«, war alles, was er noch dazu sagte.

Erzählen wollte Jenny ihrer Mutter das alles gestern schon. Aber gestern war es schiefgegangen. Heute fühlte sie sich mutiger, gestärkt durch ihre erste Liebesnacht und Marcos Liebesbrief.

Es war kurz vor acht, als Jenny die Wohnungstür leise aufschloss.

»Mama?«

Sie stellte ihren Rucksack ab und klopfte an die geschlossene Zimmertür.

»Mama, ich bin's. Nicht böse sein, dass es noch so früh ist, aber ... du wunderst dich bestimmt, warum ich hier bin und nicht in der Schule ... «

Sie stockte. Doch jetzt hatte sie schon angefangen. Sicher war ihre Mutter durch ihr Klopfen sowieso wach geworden. Und sie hatte es Marco versprochen.

»Ich muss dir was sagen. Ich war gestern gar nicht in der Schule. Ich war wirklich nur im Sekretariat. Ich hab das Attest abgegeben, scheiße.«

Sie hielt inne und lauschte.

Die Schulsekretärin ging mit Karen zur Tür und deutete den Flur entlang.

»Und ganz hinten am Ende rechts. Steht auch groß 10b dran.«

»Danke«, sagte Karen und wollte gehen.

»Der Unterricht hat aber schon angefangen«, sagte die Schulsekretärin mit bedauerndem Kopfschütteln. »Sie können da jetzt nicht einfach so rein.«

»Dann warte ich.«

»Zu wem wollen Sie denn?«

»Zu Jenny Trautmann.«

»Oh!« Die Schulsekretärin nickte wissend. »Das kann ich Ihnen so sagen, die ist krank.«

Karen erstarrte.

Die Schulsekretärin lächelte vorsichtig. »Sind Sie eine Verwandte?«

Jenny klopfte noch mal. Nichts. Ganz langsam drückte sie die Klinke herunter und öffnete die Tür einen Spalt. Dann öffnete sie die Tür ganz. Das Bett ihrer Mutter war unbenutzt.

Jenny schaltete ihr Handy ein. Ungezählte »entgangene Anrufe« waren alles, was sie fand.

Sie ging in die Küche. Ihre Nachricht war vom Tisch verschwunden, also war ihre Mutter hier gewesen und hatte sie gelesen. Das beruhigte sie. Aber wo konnte sie um diese Uhrzeit sein?

Jenny ließ sich auf einen Küchenstuhl sinken. Sie war ratlos.

Dann hörte sie den Schlüssel im Schloss und atmete erleichtert auf. Du musst es ihr sagen, hämmerte es in ihrem Kopf. Jetzt sofort.

Karen schrie kurz auf, als sie Jenny in der Küche sitzen sah. Dann legte sie die Hände vors Gesicht und atmete hörbar aus.

»Ich wollte dich nicht erschrecken«, sagte Jenny zaghaft.

Karen stand im Türrahmen und starrte ihre Tochter an.

»Du wunderst dich vielleicht, wieso ich nicht in der Schule bin. Ich muss dir nämlich was sagen ...«

»Du fährst heute noch zu Tante Ria«, unterbrach Karen sie tonlos, ging zur Spüle und ließ Wasser in den Wasserkocher laufen. »Sie weiß schon Bescheid.«

Jenny rührte sich nicht.

»Solange das Attest gilt, bleibst du bei ihr. Dann sehen wir weiter«, sagte Karen ruhig, ohne Jenny anzusehen. Sie holte eine Kanne aus dem Schrank und füllte das Sieb mit Tee.

Jenny liefen Tränen aus den Augen, ohne Schluchzer, einfach so. »Du schickst mich weg?«, flüsterte sie.

Das traf. Karen stützte sich mit beiden Händen am Spülenrand ab und schloss die Augen. »Verdammte Scheiße!«, schrie sie und drehte sich ruckartig um.

Jenny sprang auf, griff sich ihren Rucksack und rannte aus der Wohnung.

»Jenny!«

Karen lief ihr ins Treppenhaus hinterher.

Unten stand der dicke Glatzkopf und guckte Karen interessiert an. Die Haustür fiel hinter Jenny zu. Karen rannte grußlos an dem Glatzkopf vorbei nach draußen. Sie sah gerade noch, wie Jenny sich ihr Fahrradschloss um den Hals hängte und losfuhr. Karen hatte weder Haus- noch Autoschlüssel dabei. Sie musste zusehen, wie Jenny abhaute, und sie hatte keine Ahnung, wohin.

Der Glatzkopf stand im Türrahmen und glotzte. Karen ging ohne ein Wort an ihm vorbei ins Haus zurück.

12

Es hatte angefangen zu nieseln. Jenny saß gegenüber der Uni-Bibliothek auf einem Mauervorsprung und fror. Die Bibliothek hatte noch geschlossen. Wo war Marco jetzt? Er hatte geschrieben, er müsse in die Uni. Gab es vor neun Uhr morgens schon Vorlesungen?

Ein paar Studenten warteten vorm Eingang der Bibliothek. Als sie endlich öffnete, ging Jenny mit ihnen hinein. Erst als sie in dem großen Foyer stand, wurde ihr klar, dass es Unsinn war, was sie hier machte. Marco konnte nicht hier sein, denn er war nicht mit hineingegangen.

Sie blieb vor einem Wegweiser stehen, dann folgte sie dem Pfeil Richtung Lesesaal.

Was wollte sie hier? Wollte sie sich das alles nur mal ansehen, damit sie sich vorstellen konnte, wo Marco die meiste Zeit des Tages verbrachte?

Im Lesesaal wusste sie plötzlich, welche Frage sie hierhergeführt hatte. Sie war mit einem Rundumblick beantwortet.

»Können Sie mir sagen, wo Marco Scholz immer sitzt?«, fragte sie dennoch die Frau um die fünfzig, die hinter einem großen Schreibtisch saß und vermutlich die Lesesaalaufsicht war.

Die Frau schüttelte müde den Kopf. »Wir haben hier so viele Studenten ...«

»Er ist Ihnen bestimmt aufgefallen«, sagte Jenny mit Nachdruck. »Er ist groß, hat graugrüne Augen, kurze hellbraune Haare ...«

Die Frau rang sich zu einem milden Lächeln durch. »Was studiert er denn?«

»Betriebswirtschaft.«

»Dann versuch's mal in der Zentralbibliothek der Wirtschaftswissenschaftler. Vielleicht findest du ihn dort.«

Jenny atmete auf. Natürlich. So wird es sein, dachte sie. Marco hat seinen festen Platz in einer anderen Bibliothek. Sie ließ sich den Weg dorthin beschreiben, und während sie über den Campus ging, stellte sie sich Marco vor, in sein Notebook vertieft, auf dem Tisch rechts neben sich einen Stapel Bücher und links den Rahmen mit ihrem Scherenschnitt.

Was sollte sie ihm sagen, weshalb sie kam? Sollte sie ihm erzählen, dass sie nun endgültig von zu Hause abgehauen war, weil ihre Mutter sie zu ihrer Tante in die Schweiz abschieben wollte? Weil sie bei ihm sein wollte? Sollte sie ihn fragen, ob sie übergangsweise bei ihm wohnen konnte? Welcher Übergang wohin auch immer. Aber vielleicht würde er es ganz von selbst vorschlagen. Und konnte man Betriebswirtschaft nicht auch in Münster studieren? Hatte er nicht gesagt, er sei in sie verliebt? Wenn das stimmte, würde er auch mit ihr nach Münster gehen, mit ihr in eine kleine Dachwohnung ziehen, sie könnte auf ihre alte Schule zurück …

Von dieser Vorstellung beflügelt fragte sie in der Zentralbibliothek den Herrn mit den kurzen grauen Haaren und der randlosen Brille nach dem festen Platz von Marco.

»Die Studenten haben keine festen Plätze«, sagte er schulterzuckend und wandte sich wieder seinem Monitor zu.

Jenny guckte sich um und ging durch die Reihen.

Von Marco keine Spur.

Jenny war eher verblüfft als enttäuscht.

Sie rief ihn an. Es war besetzt. Mit wem telefonierte er schon wieder?

Ihre Mutter hatte ihr eine SMS geschickt: *Lass uns bitte reden, Mama.* Doch da konnte ihre Mutter lange warten. Wegschicken ließ sie sich kein zweites Mal.

Als Jenny aus der Bibliothek kam, schien die Sonne. Wie ein Friedensangebot wärmte sie Jenny, als sie sich mit ihrem Fahrrad auf den Weg zurück zu Marco machte. Entweder saß Marco in einer Vorlesung, und da sie sich nicht auskannte, war es sinnlos weiterzusuchen. Dann würde sie sich eben wieder vor seine Tür setzen und warten. Oder er hatte es sich anders überlegt oder die Vorlesung war schon zu Ende und er war inzwischen in die Wohnung seiner Schwester zurückgekehrt. Diese Hoffnung ließ sie schnell fahren. Die Hoffnung, in seine Arme sinken und sich mit ihm unter den dicken Daunendecken vergraben zu können.

Dass man ihn in der Bibliothek nicht kannte, war seltsam, aber ganz sicher gab es dafür eine Erklärung. Ganz sicher stand der Rahmen mit ihrem Scherenschnitt auf irgendeinem Arbeitsplatz in einem der vielen Universitätsgebäude und sie wusste nur nicht, wo. Was Jenny beunruhigte, war etwas anderes: Sie hatte nicht geträumt. Sie war sich ganz sicher, dass in der letzten Nacht jemand in der Wohnung am Bett gestanden, nach frischer, leicht süßlicher Seife gerochen und die Decke angehoben hatte. Marcos Schwester hatte gerade erst einen Autounfall gehabt und Marco hatte natürlich Recht: Mit einem komplizierten Beinbruch schied sie aus. Wer hatte sonst noch einen Schlüssel zur Wohnung? Was verheimlichte Marco ihr? Und warum?

Jenny bog in die vierspurige Straße ein, in der Marcos Schwester wohnte. Sie wurde noch schneller, fuhr im Slalom um zwei Frauen mit ihren Kinderwagen herum und bei Rot über eine kleine Querstraße. Ein Lkw bremste, der Fahrer hupte und fluchte wild gestikulierend aus dem offenen Seitenfenster.

Dann sah sie ihn. Zwei Straßenecken vor der Wohnung seiner Schwester kam Marco aus einem Blumengeschäft.

Jennys erster Impuls war es zu rufen. Doch das tat sie nicht, sie bremste scharf, vielleicht zehn Meter von ihm entfernt. Es war nah genug, um zu erkennen, dass langstielige rote Rosen in das Papier gewickelt waren.

Wieder spürte sie ihr Herz wie zuletzt, als sie entdeckte, dass ihr Erzeuger ein Arschloch war. Nur diesmal schlug es vor Freude so schnell. Marco kaufte ihr langstielige rote Rosen! Es war wie im Traum. Als würde sie für den Umzug nach Hamburg belohnt. Als wollte ihr jemand sagen: Bleib hier.

Und jetzt? Sollte sie so tun, als hätte sie ihn nicht gesehen, wenn sie kurz nach ihm in die Wohnung seiner Schwester kam?

Aber Marco ging nicht in die Wohnung, er ging am Haus vorbei zum Auto, das ein paar Meter weiter am Straßenrand stand, und stieg ein.

Er fährt zu mir, schoss es Jenny durch den Kopf. Natürlich, denn er wusste ja nichts vom Streit mit ihrer Mutter, er wusste ja nicht, dass sie abgehauen war. Sie musste in Deckung gehen, damit er sie nicht sah, denn um zu ihr nach Hause zu fahren, musste er umdrehen und in die entgegengesetzte Richtung an ihr vorbeifahren.

Aber Marco drehte nicht um. Er fuhr geradeaus. Er fuhr in die falsche Richtung. Oder kannte er eine Abkürzung? Oder konnte man mit dem Auto nicht denselben Weg fahren wie mit dem Rad?

Oder waren die Rosen für eine andere?

Jenny wurde schlagartig übel. Sie war schon häufig eifersüchtig gewesen, das Gefühl war ihr vertraut. Wenn Tina sich mit anderen Mädchen verabredet oder mit einem Jungen rumgeknutscht hatte, in den sie selbst verknallt gewesen war. Wenn Daniel lieber Tischtennis spielen wollte, als mit ihr ins Kino zu gehen. Doch das alles erschien ihr jetzt lächerlich. Das alles war nichts im Vergleich zu dem spitzen, giftigen Pfeil, der sich in diesem Moment tief in ihren Magen bohrte und eine Energie freisetzte, von der sie bis vor wenigen Sekunden nicht geahnt hatte, dass sie sie besaß.

Sie stieg aufs Rad und folgte Marco. Sie fuhr wie um ihr Leben, sie holte ihn immer wieder ein, doch drei große Kreuzungen später hatte sie ihn plötzlich aus den Augen verloren. Er war einfach weg.

Jenny hielt an und schnaufte. Ihr Herz raste, als wäre es vollkommen untrainiert. Und in gewisser Weise war es das auch. Es war untrainiert im Betrogenwerden.

Sie starrte auf ein Schild, auf einen weißen Wegweiser mit schwarzer Schrift. Die Buchstaben verschwammen kurz, dann waren sie wieder klar. Ganz langsam setzten sie sich zu einem Wort zusammen, dann sickerte die Bedeutung des Wortes in Zeitlupe in ihr Gehirn.

Krankenhaus, stand auf dem Schild. Und: *150 m rechts*.

Natürlich.

Jenny schloss die Augen. Wie konnte sie nur so dumm sein? Marco besuchte seine Schwester. Die Blumen waren für sie. Wer sagte, dass langstielige rote Rosen für Verliebte reserviert waren?

Sie folgte dem Schild, bog in die Krankenhausauffahrt ein und musste nicht lange suchen. Der rostrote Golf stand am Eingang auf einem Behindertenparkplatz.

Marco klopfte zögerlich an die Zimmertür Nummer 315, dann öffnete er die Tür einen Spaltbreit und wartete zwei Sekunden. Alles blieb ruhig. Er öffnete die Tür ganz, dann ging er schnell in Deckung.

Eine gläserne Blumenvase verfehlte seinen Kopf nur um wenige Zentimeter. Sie flog an ihm vorbei und zersprang am Gestell des Medikamentenwagens, der im Flur gegenüber der Zimmertür stand.

Langsam kam er aus der Hocke hoch. »Ilka, meine Schöne ...«

Die leere Wasserflasche traf ihn an der Stirn. Er verlor das Gleichgewicht und fiel rückwärts in den Flur.

Jenny saß auf einer Bank gegenüber dem Eingang des Krankenhauses, so dass sie Marco auf keinen Fall verpassen konnte. Sie hatte ihr Notebook auf den Knien und klickte noch einmal auf Tinas Mail, die sie am Morgen in der Wohnung von Marcos Schwester gelesen hatte.

Tina hatte wissen wollen, ob sie mit dem Zug vormittags oder mittags nach Hamburg kommen solle.

Am besten gar nicht, war Jennys erster Gedanke gewesen, und sie war dabei zusammengezuckt. Aber so war es. Sie wollte Tina jetzt nicht sehen. Sie wollte übersprudeln, mehr denn je, sie wollte ihr jedes Detail schildern, haargenau. Aber sie wollte mit Marco zusammen sein und nur mit ihm. Sie wollte nicht eine Sekunde auf ihn verzichten, weder ihre noch seine Aufmerksamkeit mit irgendjemandem teilen. Sie wollte nie wieder ohne ihn sein.

Liebe Tina, antwortete sie ihr, *es ist so viel passiert, ich weiß nicht mehr, wo ich aufgehört hab und wo ich wieder anfangen soll. Ich glaub, ich bin im Himmel. Und seit heute verstehe ich, warum Menschen aus Eifersucht töten. Ich bin eben fast verrückt geworden. Stell Dir vor, ich dachte, er hat Rosen für eine andere gekauft. Und ja, es ist passiert! Ich habe mit Marco geschlafen! Ich muss Dir das alles in Ruhe erzählen, nur an diesem Wochenende geht's nicht. Hab Riesenstress mit meiner Mutter. Ich melde mich wieder. J.*

Jenny nickte zufrieden, klickte auf *Später senden* und sah von ihrem Notebook auf. Ein Abschleppwagen versperrte den Blick auf den Eingang. Und wieder dauerte es lange, bis sich das, was sich vor ihren Augen abspielte, zu einer Information in ihrem Gehirn zusammensetzte: Der rostrote Golf wurde abgeschleppt.

Jenny klappte ihr Notebook zu, steckte es in ihren Rucksack und rannte zum Fahrer des Abschleppwagens.

»Warten Sie! Nur fünf Minuten! Ich hole den Besitzer!«

Sie lief ins Krankenhaus und klopfte an die Scheibe der Pförtnerloge.

»Ilka Scholz! Wo liegt die? Schnell!«

Ohne aufzublicken, tippte die Frau in der Pförtnerloge den Namen in den Computer.

»Es ist sehr dringend«, versuchte Jenny die Suche zu beschleunigen. »Ihr Auto wird gerade abgeschleppt!«

Die Frau in der Pförtnerloge zog pikiert die Augenbrauen hoch. »Geschieht dem jungen Mann ganz recht. Der parkt hier schon seit Wochen wie ein Idiot.«

Jenny stutzte. »Seit Wochen?«

»Zimmer 315.«

Jenny zögerte. Die Frau sah sie fragend an.

Wieso seit Wochen? Verwechselte sie ihn? Jenny lief den Krankenhausflur entlang zu den Fahrstühlen. Vielleicht hatte die Frau sich verhört. Wenn die Zimmernummer nicht stimmte, war der Golf weg.

Im Flur hinter einer Glastür im dritten Stock hockte eine Krankenschwester und fegte Glasscherben zusammen. Jenny fragte sie nach Nummer 315. Die Krankenschwester deutete mit einer knappen Kopfbewegung auf die Tür schräg hinter sich.

Jenny hatte die Klinke schon in der Hand, als sie innehielt. Von innen drangen laute Stimmen und Satzfetzen.

»Versager!«, schrie eine Frauenstimme.

Die Krankenschwester horchte auf und grinste Jenny an.

»... deine Schuld!«, schrie die Frauenstimme.

Eine Männerstimme sagte leise etwas, aber Jenny konnte nicht erkennen, ob es wirklich Marco war. Nein, wahrscheinlich hatte ihr die Frau in der Pförtnerloge eine falsche Zimmernummer genannt.

»Bitte, wenn du in den Knast wandern willst ...«, brüllte die Frauenstimme.

Wieder antwortete der Mann zu leise, als dass

Jenny die Stimme erkennen konnte. Die Krankenschwester fegte immer langsamer. Es lagen schon eine Weile keine Scherben mehr auf dem Boden. Ganz offensichtlich lauschte sie.

»Mir doch egal, wie du das machst!«, schrie die Frau.

Die Tür zum Zimmer 315 öffnete sich.

»Überfall doch 'ne Bank!«, schrie sie.

Jenny wich zurück und drückte sich an die Wand neben der Tür. Marco trat aus dem Zimmer in den Flur. Die Tür knallte hinter ihm zu. Er drehte sich kurz zu der Krankenschwester um, die immer noch in der Hocke saß und hektisch unsichtbare Scherben zusammenfegte, dann ging er durch die Glastür zu den Fahrstühlen.

Jenny löste sich von der Wand. Die Satzfetzen der Frau in Zimmer 315 wirbelten durch ihren Kopf. Mechanisch ging sie Marco hinterher. Er stand vor den Fahrstühlen und wandte ihr den Rücken zu.

»Hallo, Marco«, sagte Jenny zaghaft.

Marco fuhr herum. Er guckte sie entgeistert an. Jenny erschrak, denn in dieser Sekunde war er ihr vollkommen fremd. Erkannte er sie nicht?

»Was soll das?«, blaffte er. »Schleichst du mir hinterher? Wie lange bist du schon hier?«

»Dein Wagen wird abgeschleppt«, sagte Jenny. Dann wurde ihr schwindelig. Sie streckte einen Arm in seine Richtung auf der Suche nach Halt, aber Marco rannte ins Treppenhaus. Sie griff ins Leere und wankte zwei Schritte nach vorn.

Langsam folgte sie ihm ins Treppenhaus, stützte

sich am Geländer ab und ging Stufe für Stufe hinunter zum Eingang.

Marco stand in der Krankenhausauffahrt zwischen dem Golf und dem Abschleppwagen und stritt laut mit dem Fahrer. Dann fuhr der Abschleppwagen weg und Marco kam mit finsterer Miene auf Jenny zu. Mindestens zwei Meter vor ihr blieb er stehen und blickte sie feindselig an.

»Wie lange hast du schon vor der Tür gestanden?«

Jenny brachte keinen Ton heraus und schüttelte nur leicht den Kopf. Sie war ratlos. Wieso freute er sich nicht, sie zu sehen? Was war geschehen? Was hatte sie falsch gemacht?

»Spionierst du mir nach?«

Ihr schossen Tränen in die Augen.

Mit einer knappen Kopfbewegung deutete Marco zum Golf.

»Mein Rad ...«, flüsterte Jenny.

Marco zuckte die Schultern und ging.

Er ging einfach.

»Ich bin abgehauen!«, schrie Jenny plötzlich. »Deinetwegen!«

Marco ging weiter, ohne sich umzudrehen.

Jennys Beine gaben nach und knickten weg. Sie sackte auf die Gehwegplatten und schluchzte. Das musste ein Albtraum sein. Bestimmt war das ein Albtraum.

Irgendwann zog Marco sie hoch. Er packte sie unter den Achseln und legte ihren linken Arm um seine Schulter. Er war nicht sanft, nicht zärtlich, sein Griff schmerzte.

Kurz darauf saß sie im Golf auf dem Beifahrersitz.

»Was ist das für eine Scheiße: Du bist meinetwegen abgehauen! Was soll das heißen?«

Jenny starrte aus dem Fenster. Ihre Augen waren blind vor Tränen.

»Hör auf zu flennen!«, brüllte Marco.

Jenny sank tiefer in den Sitz und hörte tatsächlich auf zu weinen. Vielleicht würde der Albtraum vorübergehen, wenn sie sich nur ganz still verhielt.

Sie wusste nicht, wohin sie fuhren. Ihr Fahrrad lehnte unabgeschlossen an der Bank vorm Krankenhaus. Nach Hause konnte sie nicht, denn da wartete ihre Mutter, um sie wegzuschicken. Neben ihr saß ein unbekannter Mann, der eben noch ihre große Liebe gewesen war.

»Also, was wolltest du im Krankenhaus?«, fragte Marco.

Jetzt klang er versöhnlich, wie jemand, der einem kleinen Kind eine Chance geben wollte, seinen Fehler wiedergutzumachen.

»Ich wollte dich überraschen«, sagte Jenny leise. »Ich war zuerst in der Uni-Bibliothek. Ich dachte, du freust dich.«

»Und?«

»Du warst nicht da. Man kannte dich dort nicht.«

Marco schwieg eine Weile, dann schüttelte er ungläubig den Kopf. »Dreizehnter Stock, zweite Tür rechts? Da kannte man mich nicht?«

»Dreizehnter Stock?«, fragte Jenny verwirrt.

»Ja.« Marco seufzte. »Da ist mein Platz. Ich zeig ihn dir, okay?«

Er lächelte sie an. Von einer Sekunde auf die andere schien er wieder der Mann zu sein, mit dem sie geschlafen hatte. War der Albtraum vorüber?

Er öffnete das Handschuhfach und reichte ihr eine Packung Taschentücher. Jenny bemerkte die Beule an seiner Stirn, aber sie fragte ihn nicht.

Bis zur Uni fuhren sie stumm. Marco raste, als könnte er es nicht erwarten, ihr den Platz zu zeigen, an dem er studierte. Er überfuhr eine Kreuzung bei Rot, nahm einem anderen Fahrer die Vorfahrt, dann parkte er direkt vor einer Einfahrt und ging auf ein Hochhaus zu, ohne auf Jenny zu warten. Jenny blieb auf dem Vorplatz stehen und guckte am Haus hoch. Schon jetzt, beim Hinaufgucken, wurde ihr wieder schwindelig. Hatte Marco dreizehnter Stock gesagt? Sie wollte gar nicht da hoch, sie glaubte ihm auch so.

Marco blieb vorm Eingang stehen und drehte sich zu ihr um. »Was ist? Ich denk, du möchtest sehen, wo ich sitze, wenn ich büffeln muss. Oder interessiert es dich doch nicht?«

Jenny nickte und folgte ihm in das Gebäude zu den Fahrstühlen. Studenten rempelten sie an und zwängten sich an ihr vorbei in den Fahrstuhl. Sie waren genauso rücksichtslos wie die Busladung Fünft- oder Sechstklässler vor der neuen Schule.

Und Marco hatte wieder nicht auf sie gewartet. Er stand ganz hinten im Fahrstuhl, während sie sich in letzter Sekunde, bevor die Tür sich schloss, in die vorderste Reihe quetschen musste, um mitzukommen. In fast jedem Stockwerk musste sie aussteigen, um Studenten herauszulassen. Marco rührte sich nicht vom Fleck. Er betrachtete interessiert die bekritzelte Wand, als lernte er die Sprüche auswendig.

Ab dem elften Stockwerk waren sie allein im Fahrstuhl. Marco machte einen Schritt auf Jenny zu, lächelte sie an und strich mit einem Finger durch ihren Pony. Ja, der Albtraum schien vorüber zu sein. Und was immer der Grund gewesen sein mochte für sein Verhalten, es hatte mit ihr wahrscheinlich gar nichts zu tun, denn sie hatten kaum miteinander geredet, seit sie vom Krankenhaus losgefahren waren. Sie konnte also gar nichts falsch gemacht haben. Und jetzt, jetzt lächelte er und nahm ihre Hand und zog sie mit sich aus dem Fahrstuhl in einen langen Flur im dreizehnten Stock.

Dann hatte es also mit seiner Schwester zu tun, mit dem Streit, von dem sie nur wenige Satzfetzen mitbekommen hatte und bei dem es ganz offensichtlich um Geld ging.

Marco steuerte zielstrebig auf eine Tür zu und drückte die Klinke. Die Tür war verschlossen. Es ist die falsche Tür, dachte Jenny dumpf, denn es war nicht die zweite Tür rechts.

Marco klopfte seine Hosentaschen ab und seufzte entnervt. »Hab den Schlüssel vergessen. Der liegt noch bei Ilka auf dem Tisch.«

Jenny rief sich den Tisch in der Wohnung seiner Schwester in Erinnerung. Sie hatte dort heute Morgen gesessen und Tinas Mail gelesen. An einen Schlüssel konnte sie sich nicht erinnern.

Marco stellte sich vor die breite Fensterfront im Flur und versuchte ein Fenster zu öffnen, aber es war verschlossen. Er versuchte das zweite, das dritte, dann hörte Jenny ihn leise fluchen. Natürlich sind die Fenster verschlossen, dachte Jenny. Im dreizehnten Stock sollten die Fenster verschlossen sein, überall auf der Welt.

Das letzte Fenster war nicht verschlossen. Marco öffnete es weit und breitete die Arme aus. »Ist das nicht herrlich? Guck dir das an!«

Jenny stand immer noch vor der Tür, hinter der sich Marcos Arbeitsplatz verbarg. Das Plastikschild neben der Tür war unbeschriftet.

»Was ist? Na komm. Oder vertraust du mir nicht?« Marco streckte seine schönen Hände nach ihr aus und lächelte.

Ganz langsam ging Jenny auf ihn zu. Gleich würde er sie in die Arme nehmen, sie würden sich küssen und alles wäre gut.

Sie nahm seine Hände, er zog sie lächelnd zu sich heran, strich ihren Pony zur Seite und küsste ihre Stirn. Dann schob er sie sanft zum Fenster und stellte sich dicht hinter sie.

Jenny zuckte zurück.

»Keine Angst«, flüsterte Marco und stützte sich mit den Händen links und rechts von ihr an der Eisenstange ab, die zum Schutz auf Hüfthöhe vor den Fenstern angebracht war.

Jenny umklammerte die Eisenstange und schloss die Augen. Sie sog Marcos Duft aus Rauch und Rasierwasser ein. Der Duft beruhigte sie.

»Guck doch mal«, flüsterte Marco. »Ist der Blick nicht toll?«

Jenny öffnete die Augen und blickte in den Himmel. Nicht runtergucken, nur nicht runtergucken, sagte sie sich.

Plötzlich hob Marco eine Hand von der Eisenstange und winkte und rief jemandem unten auf dem Vorplatz zu.

Unwillkürlich guckte auch Jenny nach unten. Im selben Augenblick wankte das Haus, die Eisenstange gab nach und sie spürte einen Druck auf ihrem Rücken, der sie nach vorn kippen ließ.

»Hiergeblieben!«, hörte sie Marco sagen. Ein Arm legte sich um ihre Taille und zog sie zurück. Marco drehte sie vor dem offenen Fenster zu sich um. »Das machst du nicht noch mal, hörst du? Du hast mir einen furchtbaren Schrecken eingejagt.«

»Was?«, sagte Jenny verwirrt.

Marco schüttelte den Kopf. »Du wärst nicht die Erste, die hier runterfällt. Die meisten fallen allerdings freiwillig.«

Er umfasste mit den Händen ihre Schultern. Jenny hatte jetzt das offene Fenster ganz nah in ihrem Rücken. Sie wollte hier weg, sie machte einen Schritt nach vorn in den Flur, aber Marco schob sie zurück. Jenny krallte ihre Finger panisch in Marcos Jeansjacke und schloss die Augen.

»Bitte«, flüsterte sie. »Lass mich hier weg.«

Doch Marcos Griff wurde fester. Er drückte sie leicht Richtung Fenster. »Im Krankenhausflur, hm? Was hast du als Erstes von unserem Streit mitbekommen?« Mit einem Finger hob er ihr Kinn an und zwang sie, ihn anzusehen. »Ich will's nur wissen. Damit ich dir nicht alles doppelt erzähle. Also was?«

»Versager«, hauchte Jenny.

Marco lachte auf. »Ja, ja, so ist sie. So war sie schon als Kind.«

Jenny wand sich in seinem Griff. »Bitte, ich hab Höhenangst.« Hatte er das vergessen? Hatte er das auf dem Supermarktparkplatz überhört?

»Ich weiß, das hast du von deiner Mutter geerbt«, sagte Marco lächelnd und ließ sie los.

Jenny machte einen Schritt in den Flur und atmete auf. Sie war so erleichtert, dem offenen Fenster entkommen zu sein, dass sie sich weigerte, seine Worte zur Kenntnis zu nehmen.

»Hör zu, das fällt mir jetzt nicht leicht«, sagte er mit hängenden Schultern, den Blick zu Boden gerichtet. »Aber wir können uns nicht wiedersehen. Tut mir leid. Und frag bitte nicht, warum.«

Der Albtraum war nicht vorüber. Er hatte nur eine kleine, hinterhältige Pause eingelegt, um Jennys Herz noch besser ins Visier nehmen zu können, damit der Giftpfeil sofort tötete.

»Und bitte wein jetzt nicht. Ich kann das nicht gut ab, okay?«

Marco versuchte mit einer hilflosen Handbewegung ihren Arm zu tätscheln, aber Jenny wich aus. Nein, sie weinte nicht. Ihr Kopf war vollkommen klar. Sie fragte sich, ob es Zufall war oder Marcos Art von Fürsorglichkeit, dass sie im dreizehnten Stock stand vor einem großen, sperrangelweit geöffneten Fenster. Ein Fenster wie eine Einladung, das nicht ertragen zu müssen, was ihr gerade passierte, sondern einfach zu springen. Deshalb hatte er im Fahrstuhl so getan, als würde er sie nicht kennen. Sie würde springen und niemand hätte sie je zusammen gesehen. Nicht schlecht. Doch den Gefallen tat sie ihm nicht.

»Aber zu meinem Fahrrad könntest du mich noch bringen«, sagte sie kühl. »Das ist nämlich nicht abgeschlossen und das war verdammt teuer.«

»Na klar, ist doch selbstverständlich«, lächelte Marco.

Die Erleichterung in seinem Ton schmerzte. Während der Fahrstuhlfahrt nach unten hoffte Jenny plötzlich, dass der Golf diesmal tatsächlich abgeschleppt worden sein möge. Wie sollte sie es aushalten, neben ihm zu sitzen und nicht zu weinen? Als sich die Fahrstuhltür öffnete, beschloss sie, in jedem Fall die U-Bahn zu nehmen.

Der Golf stand noch vor der Einfahrt, es klemmte nicht mal ein Strafzettel hinter dem Scheibenwischer. Marco hielt ihr die Tür auf, wie am Anfang im Regen kurz vor dem ersten Kuss, und sie konnte es kaum ertragen und stieg ein.

Sie fuhren stumm, doch Jenny spürte, dass Marco sie von Zeit zu Zeit ansah. Sie blickte stur geradeaus und hoffte, dass die Fahrt nie enden möge, dass noch irgendetwas passierte, was alles erklärte. Vielleicht war sie das Opfer und er der Lockvogel einer neuen Herz-Schmerz-Reality-Show zum Thema

»Wie viel hält eure Liebe aus?«, an Marcos Körper waren Kamera und Mikro versteckt und gleich hinter der nächsten Kreuzung käme der Übertragungswagen in Sicht und alles klärte sich auf. Es wäre eine beschissene Erklärung, aber eine Erklärung immerhin.

Marco bog in die Krankenhausauffahrt ein und hielt. Jennys Rad lehnte tatsächlich noch an der Parkbank.

»Schönes Rad«, sagte Marco. »Von deinen Eltern?«

Jenny schnaubte. »Schön wär's.«

»Wieso? Ist was mit deinen Eltern?«

Was sollte das? Wieso fragte er jetzt nach ihren Eltern? Fing er plötzlich an, sich für sie zu interessieren? Das war lächerlich.

Jenny zuckte gleichgültig die Schultern. »Alles ganz normal. Meine Mutter möchte mich zu einer Tante in die Schweiz abschieben und mein Vater ist ein Arschloch, weil er meine Mutter sitzengelassen hat, als sie mit mir schwanger war, nur weil er Profi werden wollte. Noch Fragen?« Sie öffnete die Tür. Es wurde höchste Zeit, dass sie ausstieg, denn sie konnte die Tränen kaum noch zurückhalten.

»He, warte!«

Jenny blieb sitzen, aber sie sah Marco nicht an. Überlegte er es sich doch noch?

»Ich mein ... ich wollte sagen ... das tut mir leid mit deinem Vater. Weißt du denn gar nichts über ihn? Hat deine Mutter nichts erzählt?«

Das klang nach echtem Interesse. Nein, Unsinn,

das war das pure schlechte Gewissen. Marco servierte sie ab und wollte nicht, dass sie ihm böse war. Da kam nichts mehr. Es war vorbei.

»Netter Versuch. Aber du musst wirklich nicht so tun, als wenn dich das noch interessiert. Und ich hab keine Lust, dir jetzt noch irgendwas über meine Familie zu erzählen, klar?«

»Aber es interessiert mich wirklich«, sagte Marco mit Nachdruck. »Ist doch 'ne irre Geschichte. Ich hab mir das selbst oft vorgestellt, dass meine Eltern gar nicht meine Eltern sind, sondern irgendwie was Besonderes ...«

»Da muss ich dich leider enttäuschen«, sagte Jenny spitz. »Meine Eltern sind nichts Besonderes. Das heißt, meine Mutter schon, bis heute Morgen. Und mein Erzeuger ist weder Nobelpreisträger noch Präsident der Vereinigten Staaten, sondern Fußballspieler. Glaub ich jedenfalls.«

»Du meintest mit Profi Fußballspieler?«, hakte Marco nach. Er klang wirklich interessiert.

»Ja. Wieso?«

»Und wie heißt er? Ich mein, vielleicht kann ich dir helfen ihn zu finden, wenn du willst. Ich kenn mich im Fußball ganz gut aus.«

»Sander. Und vielleicht will ich ihn ja gar nicht finden. Und jetzt tschüs.«

Jenny atmete ein, nahm ihre letzte Kraft zusammen und wollte aussteigen, doch Marco griff nach ihrem Arm und hielt sie fest. Sie fiel auf den Sitz zurück und sofort war die Hoffnung wieder da, dass in letzter Sekunde doch noch ein Wunder geschah.

»Joachim Sander?«, fragte Marco ungläubig.

Jenny stutzte. Woher kannte Marco den Namen? War er so bekannt?

»Oder verarschst du mich?«

»Nein, wieso, er heißt Joachim Sander, ja«, sagte Jenny irritiert.

Marco lächelte resigniert. »Na klar, und mein Onkel ist Franz Beckenbauer. Ich wusste gar nicht, dass du dich im Fußball auch auskennst.«

Jenny verstand überhaupt nichts mehr. »Was? Wieso kenn ich mich aus? Und wieso Beckenbauer? Was hat denn der damit zu tun?«

Marco kniff die Augen zusammen und sah Jenny aufmerksam an. »Du meinst das ernst«, sagte er erstaunt. »Dein Vater ist Joachim Sander, stimmt's?«

»Ja«, sagte Jenny unglücklich.

»Und das kannst du beweisen.«

»Ja.«

»Und wie?«

»Ich hab alte Briefe, wieso? Was soll das?« Sie guckte Marco prüfend an. »Kennst du ihn?«

Marco schüttelte den Kopf. »Nicht persönlich. Aber ich hab schon mal von ihm gehört. Spielt nicht schlecht. Ich könnte für dich herausfinden, in welchem Verein er ist.«

Jenny zögerte. Sollte sie sein Angebot annehmen? Nein, sie brauchte seine Hilfe nicht. Sie würde es allein herausfinden. Außerdem ging Marco diese Geschichte nichts an. Es war ihre Geschichte. Sie schüttelte seine Hand ab und stieg aus.

Marco schlug die Hände vors Gesicht und

schluchzte. »Ich will kein Arschloch sein, verstehst du?«

Jenny stand wie angewurzelt vor der Beifahrertür. Marco weinte?

Marco weinte und schluchzte und schniefte, vergrub das Gesicht in den Händen, rieb sich die Augen, entschuldigte sich für sein Weinen und sein mieses Verhalten und erzählte, dass seine Schwester ihm schwere Vorwürfe mache wegen seiner Ex-Freundin, die von ihm schwanger sei. Und obwohl er seine Ex-Freundin nicht mehr liebe, müsse er zu ihr zurück, weil er kein Arschloch wie Jennys Vater sein wolle, der Mutter und Kind einfach sitzenließ.

Jenny setzte sich wieder neben ihn.

»Ich lieb dich, verstehst du? Aber was soll ich denn tun?«, schniefte Marco.

Jenny brauchte eine Weile, um zu begreifen, dass das, was er ihr erzählte, die Erklärung für sein Verhalten war. Sie schloss die Augen, diesmal vor Erleichterung, denn wenn es für sein Verhalten eine Erklärung gab, die sie verstehen konnte, dann war es diese. Sie legte den Arm um seine Schulter.

»Und du hast ihr nicht geraten abzutreiben?«

»Natürlich nicht! Das würde ich niemals tun.«

Jenny zog ihn zu sich heran und küsste seine Stirn, seine Augen, seine Nasenspitze, seinen Mund, und dann erwiderte er ihren Kuss und der Krankenhausparkplatz, die Autos, die Straße, alles um sie herum verschwand und Jenny war glücklich und sie war sich sicher, dass nun alles gut werden würde, auch wenn sie noch nicht wusste wie.

13

»Wann hast du beschlossen ihn zu erpressen?« Kommissar Völzow setzte sich auf die Tischecke und ließ sein linkes Bein baumeln. »Oder war es eine spontane Idee?«

»Wer sagt denn, dass meine Mandantin überhaupt etwas damit zu tun hat!«, brüllte Herr Schlichtegroll, sprang von seinem Stuhl auf und haute mit der Faust auf den Tisch. »Was sind das für bösartige Methoden, mit denen Sie hier vorgehen? Ist das jetzt die neueste Psychologie? Erst mal Behauptungen aufstellen ohne auch nur den Hauch eines Beweises?« Herr Schlichtegroll ließ sich erschöpft auf den Stuhl zurückfallen.

In diesem Moment war Jenny froh, dass er da war, denn er hatte Recht. Dieser Völzow behauptete tatsächlich einfach etwas ohne jeden Beweis. Als wäre sie zum Abschuss freigegeben nach dem Motto: Wer unter Mordverdacht steht, dem traut man alles zu.

Völzow schien Schlichtegrolls Wutanfall nicht beeindruckt zu haben. »Bevor Sie sich hier einen Herzinfarkt holen, sollten Sie sich besser an den Fakten orientieren. Es gibt immerhin Sanders Aussage und die deutet klar auf Ihre Mandantin hin.«

»Deutet hin! Deutet hin! Was sind denn das für Fakten?«, schnaubte Schlichtegroll. »Außerdem hat er das im Fernsehen gesagt, da redet man viel dummes Zeug. Das wird er zurücknehmen, das garantiere ich Ihnen.«

Jenny sah Sander undeutlich vor sich. »Ich habe nämlich tatsächlich eine Tochter«, hatte er den Reportern gesagt. Der Satz hallte in ihrem Kopf nach.

»Außerdem ist ja wohl klar«, dozierte Schlichtegroll in Völzows Richtung, »woher Sander diese Information hat. Das hat er sich wohl kaum selbst ausgedacht, dass meine Mandantin angeblich die Drahtzieherin ist. Und dieser Verbrecher läuft noch immer frei herum!«

Jenny stützte die Ellenbogen auf den Tisch und fuhr sich mit den Innenflächen ihrer Hände durchs Gesicht. Wo war Marco jetzt? Was machte er in diesem Moment? Wie konnte er leben mit dem, was er getan hatte?

Herr Schlichtegroll holte tief Luft. »Ich beantrage, dass der Haftbefehl gegen meine Mandantin außer Vollzug gesetzt wird«, sagte er theatralisch.

Augenblicklich regte sich in Jenny die Hoffnung, endlich hier herauszukommen. Warum hatte ihr Anwalt das nicht schon viel früher beantragt? Wieso kam er erst jetzt auf die Idee? Jenny hatte von dieser Möglichkeit noch nicht einmal gewusst.

Völzow guckte Herrn Schlichtegroll müde an. »Dann beantragen Sie mal schön, aber ich sage

Ihnen gleich, das wird nichts. Und nicht ich handele unverantwortlich, sondern Sie, wenn Sie Ihrer Mandantin Hoffnung machen, hier vorzeitig herauszukommen.«

»Sie wollen mir meinen Beruf erklären?«, fauchte Schlichtegroll. Er zog ein Stofftaschentuch aus seiner Hosentasche und wischte sich den Schweiß von der Stirn.

Völzows Laune verdüsterte sich. »Nein, ich hoffe sehr, dass ich Ihnen nicht wirklich erklären muss, dass es hier mal nicht darum geht, aus Verleumdungen möglichst viel Geld herauszuschlagen, mein lieber Herr Schlichtegroll«, sagte er mit leicht verächtlichem Unterton, »sondern um gefährliche Körperverletzung, wenn nicht sogar um Mord. Dass Flucht- und Verdunklungsgefahr besteht nach all dem, was geschehen ist. Attestbetrug, von zu Hause abgehauen, aus dem Krankenhaus abgehauen ...«

»Das ist doch lächerlich!«, giftete Schlichtegroll.

»Das wird die Staatsanwaltschaft anders sehen«, sagte Völzow ruhig und wandte sich wieder Jenny zu. »Das Beste wäre immer noch, du würdest uns endlich sagen, was in der Nacht geschehen ist, Jenny.«

Jenny lehnte sich auf ihrem Stuhl zurück, schloss die Augen und schwieg. Sie hatte Kopfschmerzen und wieder war ihr schwindelig. Ob dieses ewige Schwindelgefühl mit ihrem Fahrradunfall zusammenhing? Mit ihrer Gehirnerschütterung? Oder weigerte sich ihr Gehirn ganz einfach, all das Geschehene aufzunehmen? Weil es zu viel war. Weil sie sich dagegen sperrte zu akzeptieren, dass es von nun an zu ihrem Leben gehörte. Wirbelte das Geschehene also heimatlos durch ihren Kopf? Sie wünschte jetzt, sie hätte sich nach dem Sturz tatsächlich ins Bett gelegt, wie ihre Mutter es von ihr verlangt hatte. Ihr kam der Unfall inzwischen unwirklich vor, wie aus einer anderen Zeit, aus einer anderen Welt, als hätte nicht sie ihn erlebt, sondern eine fremde Person, eine Figur aus einem Kinofilm, der lange abgelaufen war.

»Jenny, bitte rede mit uns!«, sagte Völzow eindringlich. »Du kannst unmöglich darauf hoffen, dass die Frau dich entlastet. Die wacht aus dem Koma vielleicht nie wieder auf.«

Jenny starrte vor sich auf die Tischkante. »Sie glauben mir ja doch nicht«, flüsterte sie.

Völzow lächelte Jenny aufmunternd an. »Das werden wir sehen.«

14

Marco hatte den Golf in einiger Entfernung auf der gegenüberliegenden Straßenseite geparkt, so dass sie den Hauseingang einsehen konnten. Der dicke Glatzkopf stand in der offenen Tür und reparierte die Klingeln.

»Mist«, seufzte Jenny, »der soll endlich abhauen.«

»Wieso, der hat dich doch eben schon gesehen, als du das Rad abgestellt hast.«

»Aber dich nicht. Noch nicht. Der hat nämlich den Unfall beobachtet. Und das Kennzeichen notiert.«

»Und? Solange du mich nicht anzeigst ...«

Jenny lächelte. »Vorausgesetzt du versprichst mir, dass du nie wieder so gemein zu mir bist. Das war die Hölle.«

Marco strich mit dem Finger zärtlich über ihre Lippen. »Das wollte ich nicht, mein Engel.«

Aber Jenny hatte Marco längst verziehen, denn der Weg durch die Hölle hatte sie zurück in den Himmel geführt und sie fühlte sich Marco jetzt noch näher als zuvor.

»Na endlich«, sagte sie, als sie sah, dass der Glatzkopf im Haus verschwand. Sie guckte Marco hoffnungsvoll an. »Und du kannst mir wirklich helfen?«

»Wenn es tatsächlich der Joachim Sander ist, den ich meine, kein Problem. Ich muss nur nachgucken, in welchem Verein er spielt.« Marco nahm ihren Kopf in beide Hände und hauchte kleine Küsse auf ihre Lippen. »Aber vorher brauche ich die Briefe.«

Nachdem Jenny abgehauen war, war Karen wie von Sinnen in der Wohnung herumgerannt, hatte in ihren Taschen nach Zigaretten gesucht, obwohl sie seit fast siebzehn Jahren nicht mehr rauchte, hatte Jennys Sachen durchwühlt in der Hoffnung, einen Hinweis auf diesen Marco zu finden, eine Telefonnummer, eine Adresse oder wenigstens seinen Nachnamen. Sie war aus dem Haus gerannt und wieder in die Wohnung zurück, hatte ungezählte Male versucht, Jenny auf ihrem Handy zu erreichen, schließlich hatte sie Tina in Münster angerufen, die nur wusste, dass Marco ... nein, das durfte sie nicht verraten ... also gut, weil es ein Notfall war ... dass Marco derjenige mit dem Fahrradunfall war.

Da hatte Karen es nicht mehr ausgehalten, war zur Polizei gegangen, hatte Jenny als vermisst gemeldet und Anzeige gegen unbekannt erstattet. Der Polizeibeamte hatte sie psychologisch geschult abgewimmelt, als er hörte, dass Jenny erst seit dem Morgen verschwunden war. Das sei ganz normal, Mädchen in dem Alter liefen häufig von zu Hause weg und tauchten in den meisten Fällen von ganz allein wieder auf, versuchte er sie zu beruhigen.

In den meisten Fällen.

Karen war so wütend auf den Polizeibeamten gewesen, dass sie ihn am liebsten angebrüllt hätte. So konnte nur jemand reden, der keine Ahnung hatte. Dem sein Kind noch nicht weggelaufen war. Stattdessen war sie in Tränen ausgebrochen, eine Frau hatte sie in ein Nebenzimmer geführt, ihr Tee angeboten und sich Karens Geschichte angehört, vom Umzug nach Hamburg bis zu Jennys Attestbetrug. Dass sie ihre Tochter zu einer Tante in die Schweiz schicken wollte, hatte sie nicht erzählt. Sie wusste jetzt, dass es ein Fehler gewesen war, Jenny damit zu drohen. Nein, schlimmer noch, sie hatte ihr gar keine Wahl gelassen, sondern sie vor vollendete Tatsachen gestellt.

Die Frau versprach ihr, dass man nach Jenny suchen würde, sollte sie bis morgen früh nicht wieder aufgetaucht sein. »Bis morgen früh?«, hatte Karen nur entgeistert gefragt. »Und wie soll ich das aushalten?« An diesem Punkt endete die psychologische Schulung der Beamten. Man riet ihr, sich krankzumelden und Halt bei Verwandten oder Freunden zu suchen.

Freunde oder Verwandte? Hatte man ihr denn überhaupt nicht zugehört? Karen hatte sich für den Tee bedankt und war gegangen.

Jetzt stand sie vorm Polizeirevier und fühlte sich hilfloser denn je. Und schuldig. Und ungerecht behandelt. Sollte sie sich tatsächlich krankmelden? Nein, zu Hause würde sie verrückt werden und ihre Arbeit war ihre einzige Ablenkung.

Sie musste jetzt durchhalten. Für Jenny und für sich. Sie durfte vor Kummer nicht auch noch ihre neue Stelle gefährden. Sie würde sich ganz einfach zusammenreißen wie noch nie in ihrem Leben. Niemand würde ihr etwas anmerken. Schließlich war auch sie ein Profi, wenn auch sehr viel schlechter bezahlt als Joe.

Entschlossen machte Karen sich auf den Weg nach Hause, denn obwohl ihr eigentlich kaum noch Zeit blieb, wollte sie duschen, sich sorgfältig schminken und etwas Schönes anziehen, bevor sie zur Arbeit ging, weil sie wusste, dass ein gepflegtes Äußeres das Selbstbewusstsein stärkte, und das brauchte sie jetzt. Und hatte sie nicht wegen der Theaterbeilage Überstunden gemacht? Also konnte sie heute ruhig ein bisschen später kommen.

Jenny schloss leise die Wohnungstür auf und lauschte.

»Mama?«

Nichts rührte sich.

Sie ging auf Zehenspitzen in den Flur und klopfte an die Zimmertür ihrer Mutter, wartete einige Sekunden und öffnete sie. Dann winkte sie Marco herein. »Sag ich doch, sie ist längst weg.«

Marco schloss die Tür und guckte sich um.

»Mist.« Jenny schüttelte mit Blick in das Zimmer ihrer Mutter den Kopf, denn inzwischen waren auch hier alle Kartons ausgepackt. »Ich hab keine Ahnung, wo sie die Briefe aufbewahrt. Wozu brauchst du die denn überhaupt?«

»Damit wir vergleichen können!«, sagte Marco ein wenig ungehalten, so als hätte er ihr das schon oft erklärt. »Ich besorg mir was Handschriftliches von ihm, ein Autogramm oder so, und dann wissen wir, ob er wirklich dein Vater ist.«

»Kannst du das Autogramm nicht erst besorgen?«, fragte Jenny unglücklich.

Marco seufzte verärgert. »Tut mir leid, mein Engel, aber entweder ich vergleiche die Schriften vor Ort und sag dir dann Bescheid oder ich mach gar nichts ...«

»Nur ... wenn meine Mutter merkt, dass die Briefe weg sind ...«

»Einer reicht mir schon. Du sollst ihn mir ja auch nur leihen.«

Jenny war nicht wohl bei der Sache, aber sie war so nah vorm Ziel, sie konnte jetzt unmöglich wieder zurück.

»Also schön. Am besten, ich suche sie in Ruhe und mache Kopien ...«

»Kopien?«, fuhr Marco sie an. »Entweder ich helfe dir jetzt oder gar nicht!«

Jenny wich einen Schritt zurück. Ging der Albtraum weiter? »Aber wieso?«, sagte sie kraftlos. »Das ist nicht eilig, wirklich nicht. Was ist denn los?«

Marco schloss die Augen und seufzte. »Nichts. Sorry. Nichts.« Er lächelte Jenny entschuldigend an. »Mach, wie du meinst. Aber wir können ja schon mal anfangen zu suchen.«

Jenny guckte sich um. Sie war ratlos. Einen Schreibtisch, in dem sie hätte suchen können, hatte ihre Mutter nicht. Oder bewahrte sie Joes Briefe noch immer in der Kindergartentasche auf? Und wenn ja, wo mochte die sein? In der Kommode? Im Kleiderschrank? In einem Koffer?

»Sind sie das?«, fragte Marco und ging auf das Doppelbett zu.

Auf der Matratze, halb vom Kissen verdeckt, lagen Joes Briefe, zusammengefaltet und schräg in die Umschläge gesteckt. Ihre Mutter musste sie wieder gelesen haben. Das war die Chance. Wenn sie die Briefe sofort kopierte und genau so wieder zurücklegte, wie sie jetzt dort lagen, würde ihre Mutter nichts bemerken.

Marco nahm einen Umschlag vom Bett und zog den Brief heraus.

»Leg den sofort wieder hin!«, fuhr Jenny ihn an.

Marco warf ihr einen kurzen erstaunten Blick zu und entfaltete den Brief. Jenny stand mit hängenden Armen daneben. Sie wusste, dass es nicht richtig war, was Marco hier tat, dass er zu weit ging, dass sie es nicht zulassen durfte und ihm den Brief wegnehmen musste. Aber sie stand einfach nur da.

Marco schüttelte mit Blick auf den Brief den Kopf. »Wenn das *der* Sander ist …«

»Was dann?«

Marco faltete den Brief. »Das finde ich raus.«

»Lass mir wenigstens den Umschlag«, bat Jenny unglücklich.

Marco drehte den Umschlag in der Hand und betrachtete ihn lange, als wollte er die Anschrift auswendig lernen, dann endlich reichte er ihn Jenny.

In diesem Moment lief Jenny ein eiskalter Schauer über den Rücken. Sie hörte die Stimme ihrer Mutter im Treppenhaus. Gleich darauf wurde der Schlüssel ins Schloss gesteckt.

»Scheiße! Ich denk, die arbeitet!«, zischte Marco panisch.

Jenny war starr vor Schreck. Sie hatte keine Ahnung, was sie jetzt tun sollte. Sie stand einfach nur mitten im Zimmer ihrer Mutter und rührte sich nicht.

»Was haben Sie beobachtet?« Karen ließ den Schlüssel stecken und ging einige Stufen wieder hinunter.

Der dicke Glatzkopf stand im Erdgeschoss und grinste.

»Den Unfall. Ihre Tochter wurde angefahren. Oder wissen Sie das gar nicht?«, rief er hoch.

»Selbstverständlich weiß ich das«, sagte Karen scharf. Was sollte das? Wieso mischte der Glatzkopf sich ein?

»Ich mein, es geht mich ja nichts an, aber ich hab das Kennzeichen von dem Typ. Der ist nämlich abgehauen. Fahrerflucht.«

Karen wurde hellhörig. »Tatsächlich?«

»Sehen Sie?« Der Glatzkopf zog einen Fetzen Zeitungspapier aus der Hosentasche und wedelte damit nach oben. »Das hab ich mir nämlich gedacht, dass Sie das nicht wissen. Sonst würden Sie doch nicht zulassen, dass der Ihre Tochter besucht.«

Karen ging die Treppe hinunter ins Erdgeschoss und nahm ihm den Papierfetzen aus der Hand. In krakeliger Schrift war darauf tatsächlich ein Kennzeichen notiert.

»Ich wollte es schon wegwerfen, aber ich dachte mir ...«

Karen interessierte nicht, was er dachte. Außerdem hörte sie Geräusche im Treppenhaus und wollte nicht, dass noch andere Nachbarn etwas mitbekamen. »Vielen Dank, das ist wirklich sehr aufmerksam«, unterbrach sie ihn.

Als sie die Stufen wieder nach oben stieg, versuchte sie sich zusammenzureimen, was der Glatzkopf gesagt hatte. Dass derjenige, der Jenny angefahren hatte, sie besuchte? Sollte das heißen, dass Jenny zu Hause war?

Vor der Wohnungstür hielt sie inne. Dann tat sie etwas, was sie sonst nie tat: Sie klingelte, bevor sie die Tür aufschloss. Wenn Jenny tatsächlich zu Hause war, wollte sie sie vorwarnen. Sie wollte alles richtig machen. Sie nie wieder wegschicken. Ihr erlauben, bei diesem Marco zu übernachten. Sie schwor, ihr alles zu verzeihen, wenn sie nur zu Hause war.

Jenny öffnete die Tür.

»Hallo, Mama.«

Karen nahm sie in den Arm und drückte sie lange und wortlos.

Jenny erwiderte ihre Umarmung zögernd und horchte ängstlich ins Treppenhaus.

Marco schlich aus dem dritten Stock an ihnen vorbei nach unten, warf Jenny eine Kusshand zu und verschwand.

Jenny hickste.

Karen ließ Jenny los und lächelte. Die Tränen tropften ihr von der Nase. »Recht hast du. Ich wäre an deiner Stelle auch wütend. Aber ich wollte dich gar nicht wegschicken, ich schwör's. Ich war nur so verzweifelt ...«

»Schon gut, Mama.«

Jenny zog ihre Mutter in die Wohnung und schloss die Tür.

»Ich mach uns erst mal Tee«, schniefte Karen.

»Musst du denn nicht arbeiten?«, fragte Jenny erstaunt.

Karen zuckte die Schultern. »Komm ich eben später, was soll's.« Sie ging in die Küche und setzte Wasser auf.

Jenny legte sich auf ihr Bett. Sie war vollkommen erschöpft und ihr Schluckauf kam ihr unendlich anstrengend vor. Sie konnte noch immer nicht glauben, dass sie aus dieser Situation heil herausgekommen war. Vorerst. Was sie tun würde, wenn ihre Mutter das Fehlen des Briefes bemerkte, wusste sie nicht. Sie verstand auch nicht, wieso sie es zugelassen hatte. Wieso konnte Marco nicht warten? Wieso setzte er sie so unter Druck? Jenny war gar nicht wütend auf ihre Mutter, sie war wütend auf Marco.

Vom Bett aus sah sie, dass ihre Mutter von der Küche in ihr Zimmer ging.

»Was meinst du, ob ich heute noch mal das schöne Kostüm anziehen kann?«, rief sie ihr zu.

Jenny schloss die Augen. Jetzt war es nur noch eine Frage von Sekunden, Minuten vielleicht, bis ihre Mutter es bemerkte ...

15

Kommissar Völzow hatte genauso reagiert, wie Jenny es sich vorgestellt hatte. Er war eine Weile schweigend im Raum auf und ab gegangen, dann hatte er den Kopf geschüttelt. »Wir werden deine Angaben überprüfen«, hatte er gesagt, aber Jenny wusste, dass er ihr nicht glaubte.

Sie hasste diesen Völzow. Erst überredete er sie, ihm alles zu erzählen, und nun stand sie da wie eine Lügnerin. Und ihr Anwalt Schlichtegroll? Der hatte ihr von Anfang an nicht geglaubt. »Jetzt können wir nur noch hoffen, dass die Frau aufwacht und Ihre Version bestätigt«, war alles, was ihm zu ihrer Geschichte eingefallen war.

Hinter den Gitterstäben regnete es. Jenny lehnte mit angezogenen Knien an der Wand auf dem schmalen Metallbett und fror. Sie fror, weil sie nur noch fünfundvierzig Kilo wog. Weil es niemanden gab, der bei ihr war und sie tröstete. Weil sie nicht begreifen konnte, warum sie getan hatte, was sie getan hatte. Weil sie nicht wusste, wie sie in all das hineingeraten war und ob sie jemals wieder hier herauskommen würde. Sie fror, weil sie Angst hatte.

Und sie verfluchte sich dafür, dass sie nicht ins Krankenhaus zurückgegangen war. Dann säße sie jetzt nicht im Gefängnis.

Sie hatte einmal kurz mit ihrer Mutter telefoniert. Ihre Mutter hatte geweint, Jenny hatte sie kaum verstehen können. »Ich besuch dich«, hatte sie geschluchzt und: »Alles wird gut, das verspreche ich dir.«

Eine kleine Weile hatten Jenny diese Worte getröstet, doch dann kamen die Bilder zurück. Ilka Scholz auf dem Boden, halb auf dem Bauch liegend, seltsam verdreht. Das Blut auf ihrer Stirn und auf dem Boden war sehr hell gewesen, es hatte wie verdünnt ausgesehen. Jenny wäre jede Wette eingegangen, dass sie tot war. Erst von ihrem Anwalt Schlichtegroll hatte sie erfahren, dass sie noch lebte. »Ihre Chance«, hatte er von oben herab gelächelt und ihr gönnerhaft »höchstens Totschlag« versprochen. Diesen Schlichtegroll hasste sie auch.

Das scheppernde Geräusch des Zellenschlüssels ließ sie zusammenzucken. Sie vergrub den Kopf in den Armen und machte sich ganz klein. Sie wollte nicht mehr verhört werden. Sie hatte alles erzählt, was sie wusste. Sie wollte und konnte nicht mehr.

16

Als Karen die Wohnungstür hinter sich zuzog, um in den Verlag zu gehen, lagen die Briefe noch genau so auf ihrer Matratze, wie Jenny sie zurückgelegt hatte. Aber natürlich war Jenny klar, dass ihre Mutter spätestens heute Nacht den leeren Umschlag unter den beiden Briefen entdecken würde.

Ihre Mutter erschien ihr wie verwandelt. Sie hatte nach Marco gefragt, sie wollte ihn kennenlernen, sie hatte nichts mehr dagegen, dass Jenny bei ihm übernachtete, und sie wollte mit ihr gemeinsam nach einer Lösung suchen, wie sie aus der »dummen Sache mit dem Attest« wieder herauskommen konnte. Ihre Mutter hatte ihr verziehen. Und was hatte sie gemacht? Sie hatte ihre Mutter bestohlen.

Seit Marco vor sechs Stunden mit dem Brief davongeschlichen war, hatte Jenny nichts mehr von ihm gehört. Sein Handy war ausgeschaltet. »Ich ruf dich an«, war das Letzte, was er zu ihr gesagt hatte, bevor er im Treppenhaus die Stufen in den dritten Stock hochgesprungen war, um sich kurz darauf hinter dem Rücken ihrer Mutter davonzustehlen.

Inzwischen hatte Jenny Tina die Mail mit der Absage fürs Wochenende geschickt. Wie gern hätte sie ihr noch geschrieben, dass Marco ihr half, Joe zu finden. Wie gern hätte sie auch ihrer Mutter davon erzählt. Aber sie hatte Marco schwören müssen, dass niemand von der Aktion erfuhr. Sie konnte es ihrer Mutter ohnehin nicht erzählen, ohne ihr zu gestehen, dass sie sich einen von Joes Briefen »ausgeliehen« hatte, wie Marco es nannte. Er konnte also ganz sicher sein, dass sie ihr nichts erzählte, aber wieso musste sie ihm schwören, dass niemand davon erfuhr, nicht einmal Tina?

Die Situation war absurd. Ihre Lieblingsjeans und Lieblingspullis steckten im blauen Müllsack, der in der Wohnung von Marcos Schwester lag, in die sie nach dem Streit mit ihrer Mutter geflüchtet war. Und sie war wieder zu Hause und konnte Marco nicht erreichen.

Was würde er diesem Sander erzählen, wenn er ihn fand? Wie wollte er an ein Autogramm von ihm herankommen? Hätten sie sich nicht in Ruhe einen Plan ausdenken sollen? Gemeinsam? Schließlich ging es um sie, es war ihre Geschichte.

Stattdessen war plötzlich alles ganz schnell gegangen, sie hatte überhaupt keine Zeit zum Nachdenken gehabt und sich ihre Geschichte von Marco aus der Hand nehmen lassen. Sie hatte keine Ahnung, was er vorhatte. Das beunruhigte sie. Wie gern hätte sie Tina nach ihrer Meinung gefragt. Sie hasste sich für ihren Schwur.

Tina hatte auf ihre Mail geantwortet.

Liebe Jenny, schrieb sie, *nicht böse sein, aber Deine Mutter rief heute völlig panisch an, weil Du abgehauen bist, und da musste ich ihr erzählen, dass Marco der vom Unfall ist. Tut mir leid, aber schien ein echter Notfall zu sein. Hoffe, Du kriegst jetzt nicht noch mehr Stress. Schade mit dem Wochenende, aber im Moment wohl besser so. Halt mich auf dem Laufenden. T.*

Jenny staunte. Ihre Mutter wusste, dass Marco derjenige von dem Fahrradunfall war. Der sie liegen gelassen und Fahrerflucht begangen hatte. Dem sie ihre Gehirnerschütterung verdankte. Und trotzdem wollte ihre Mutter ihn kennenlernen? Das verstand sie nicht. So erleichtert sie eben noch über ihre Verwandlung gewesen war, so unwohl fühlte sie sich jetzt, denn es schien etwas vor sich zu gehen, das sich ihrem Einfluss entzog. Tina hatte ihren Schwur gebrochen, ihre Mutter verzieh und erlaubte ihr alles und Marco meldete sich nicht. Als hätten sich die drei Menschen, die ihr am nächsten standen, ohne Vorwarnung vollkommen verändert.

Oder hätte sie genauso gehandelt wie Tina? Hatte ihre Mutter so viel Angst um sie gehabt, dass ihr die Geschichte mit Marco egal war? War es komplizierter als gedacht herauszufinden, in welchem Verein Joachim Sander spielte, und Marco meldete sich nicht, weil er sie nicht enttäuschen wollte? Weil er nachfühlen konnte, wie wichtig und aufregend die Suche nach ihrem Vater für sie war?

Erzeuger, korrigierte Jenny sich halbherzig.

Die Vorstellung, ihm bald gegenüberzustehen,

beflügelte sie und machte ihr Angst. Was, wenn er enttäuscht von ihr war? Was, wenn sie ihn sich ganz anders vorgestellt hatte?

Andererseits: War nicht alles ein großes Glück? Zuerst hatte sie die Briefe von Joe gefunden und war so der Antwort auf die Frage nach ihrem Vater ein großes Stück näher gekommen, auch wenn die Frage sie erst seit den Briefen wirklich beschäftigte. Sie war ihrer großen Liebe Marco begegnet und er half ihr, ihren Vater zu finden. Und ihre Mutter erlaubte ihr endlich, bei ihrem Freund zu übernachten. Das war doch Glück.

Ja, das war Glück, entschied Jenny und nahm sich vor, den Attest-Betrug zu gestehen und nach dem Wochenende auf die neue Schule zu gehen.

Sie schickte Marco eine SMS: *Ruf mich bitte an! Kuss!!! J.*

Aber Marco rief nicht an.

Nicht am nächsten Tag.

Nicht am übernächsten.

Am dritten Tag hielt Jenny es nicht mehr aus. Wieder war ihre Mutter extra früh aufgestanden, um ihr Frühstück zu machen und ihr für ihren ersten Tag an der neuen Schule viel Glück zu wünschen. Jenny hatte sie gerade noch davon abhalten können, mit ihr ins Sekretariat zu kommen, um ihr beim Geständnis des Attest-Betrugs zur Seite zu stehen. Denn wieder ging Jenny nicht in die Schule, sondern fuhr zur Wohnung von Marcos Schwester.

Sie klingelte bei Ilka Scholz Sturm, rief den Balkon

hinauf, passte eine Gelegenheit ab, um ins Treppenhaus zu gelangen, und hämmerte gegen die Wohnungstür.

Nichts rührte sich.

Jenny geriet in Panik. Vielleicht war Marco etwas zugestoßen. Kaum hatte sie ihre große Liebe kennengelernt, wurde sie ihr wieder genommen. Marco hatte auf der Suche nach ihrem Vater einen Autounfall gehabt und war tot. Und sie war schuld. Ich muss seine Schwester im Krankenhaus besuchen, dachte Jenny. Es war die einzige Möglichkeit, etwas über Marco zu erfahren.

Sie rannte aus dem Treppenhaus, stieg aufs Rad und raste los.

Aber sie fuhr nicht ins Krankenhaus.

Sie fand sich auf dem Vorplatz des Hochhauses auf dem Universitätsgelände wieder, fuhr mit dem Fahrstuhl in den dreizehnten Stock und klopfte an die Tür, vor der sie mit Marco gestanden hatte. Sie klopfte erneut, dann drückte sie die Klinke, doch die Tür war noch immer verschlossen und Jenny erinnerte sich, dass er »zweite Tür rechts« gesagt hatte. Doch hinter der zweiten Tür rechts saß eine streng frisierte, schmallippige Sekretärin, die Jenny erklärte, dass sich hinter der verschlossenen Tür der Putzmittelraum befinde, und zwar seit zwanzig Jahren, dass ihr ein Marco Scholz, der hier angeblich einen festen Arbeitsplatz habe, völlig unbekannt sei, und dass es hier ohnehin keine festen Arbeitsplätze gebe.

Jenny bedankte sich höflich für die Auskunft,

schloss die Tür hinter sich, umklammerte die Klinke und übergab sich auf den Linoleumboden. Dann ließ sie die Klinke los und sackte in das Erbrochene.

Joachim Sander zu finden war nicht schwer gewesen. Er war eine öffentliche Person und jeder, der sich für Fußball oder seine Affären interessierte, hatte in den Medien sein riesiges Landgut bewundern können. Dennoch war Marco nervös, denn die Zeit rannte ihm davon. Er hatte über zwei Tage gebraucht, um ans andere Ende der Republik zu gelangen, und dann hatte es weitere kostbare Stunden gedauert, um bis zu Sander persönlich vorzudringen. Inzwischen hatte es geregnet und Marco war vollkommen durchnässt, als sich das schmiedeeiserne Tor endlich vor ihm auftat.

Jetzt saß er in der schneeweißen Villa auf einem schneeweißen Sofa und ärgerte sich, dass er Sanders Sekretär durch die Gegensprechanlage nicht sofort damit gedroht hatte, sich mit seinen Informationen an die Presse zu wenden, sollte man ihn nicht hereinlassen.

Sander stand hinter dem gegenüberliegenden, ebenso schneeweißen Sofa, stützte sich mit den braun gebrannten Armen ab und schüttelte müde den Kopf. »Was glaubst du, wie viele Kinder man mir schon anhängen wollte. Du solltest es dir also nicht allzu bequem machen.«

Er drückte für Marco unsichtbar auf einen Knopf an der Messingeinfassung des Ecktisches, der neben dem Sofa stand.

»Kein Wunder«, grinste Marco. »Jeder weiß, was Sie verdienen.«

»Ja. Stand ja groß in der Zeitung. Und was in der Zeitung steht, stimmt natürlich«, sagte Sander verächtlich. »Und lockt solche Kreaturen an. Ich habe die Zeitung verklagt.«

Marco lehnte sich zurück und schlug die Beine übereinander. »Diese Tochter ist aber echt«, lächelte er. »Je schneller wir uns also einig werden, desto schneller bin ich wieder weg. Und das eine oder andere Milliönchen mehr oder weniger ... ich bitte Sie. Die Villa hier ist doch sicher schon abbezahlt. Und zweitens: Ihre Tochter ist ein wunderbares Geschöpf. Sie ist hübsch, intelligent, sie hat die gleichen klugen Augen wie Sie ... Leider habe ich gerade kein Foto dabei, aber ...« Marco zog eine Fotokopie des Briefes aus der Hosentasche und entfaltete sie.

Sander nahm ihm das Blatt aus der Hand. Er guckte lange schweigend auf den Text.

Marco betrachtete Sander zweifelnd. Seine Augenfarbe war hinter der getönten Goldrandbrille nicht klar zu erkennen. Er hatte braune Haare wie Jenny, doch das war die einzige Ähnlichkeit, die Marco auf den ersten Blick feststellen konnte. Sander war groß und hatte für einen Profi seiner Klasse zwei, drei Kilo zu viel auf den Rippen. Außer der Namensgleichheit und der Tatsache, dass er Fußballspieler war, gab es kein Anzeichen dafür, dass er tatsächlich Jennys Vater war. Marco lief kalter Schweiß über den Nacken. Wenn das Ganze ein Irrtum war, dann konnte er nur noch abtauchen.

»Eine Kopie«, schüttelte Sander müde lächelnd den Kopf. »Und eine schlechte dazu.«

»Das Original ist gut verwahrt«, sagte Marco lauernd.

»Gibt es noch mehr davon? Briefe, meine ich?«, fragte Sander gelangweilt.

Marco zuckte die Schultern. »Das müssten Sie doch am besten wissen.« Immerhin. Dass Sander sich für die Briefe interessierte, war ein gutes Zeichen.

»Warum kommt meine angebliche Tochter nicht selbst zu mir?«

»Sie wollte Ihnen den Schock ersparen, wenn sie plötzlich vor Ihnen steht. Ich komme sozusagen in ihrem Auftrag.«

Sander klopfte unsichtbaren Staub vom Ärmel seines weißen Polohemdes. »Also schön. Dann bin ich jetzt also vorgewarnt. Dann richte ihr doch bitte aus, sie möge die Güte haben, persönlich vorbeizukommen, damit sie es mir selbst sagen kann. Und du verlässt auf der Stelle mein Haus.«

»Ich fürchte, Sie verkennen die Lage«, lachte Marco unsicher. »Die Zeitung, die Sie verklagt haben, möchte sich bestimmt an Ihnen rächen ...«

»Geh lieber freiwillig. Wenn ich dich rauswerfen lasse, wird es schmutzig.« Sander verzog das Gesicht. »Sehr schmutzig.«

Marco setzte sich auf. »Das ist eine Superstory, Mann! Und so schlecht zahlen die von der Zeitung nicht ...« Er zuckte zusammen.

Aus dem Nichts hatten sich zwei Muskelmänner

hinter dem Sofa aufgebaut. Sie packten Marco von beiden Seiten, hoben ihn über das Sofa und trugen ihn aus dem Haus, die zweihundert Meter lange parkähnliche Auffahrt hinunter vor das schmiedeeiserne Tor, dann weiter den Waldweg entlang bis zu einem schwarzbraunen Teich. Marco strampelte. Die Muskelmänner hielten ihn über das moorige Wasser, warteten einen Moment und ließen ihn fallen.

Schenk stand neben Karen und guckte auf die erste Seite, die ausgedruckt auf ihrem Schreibtisch lag.

»Wenn noch was Wichtiges kommt, schmeißen Sie dafür die Benzinpreise raus.«

Karen nickte.

»Aber nur, wenn was wirklich Wichtiges kommt. Wird sonst zu teuer, okay?«

»Okay.«

»Und mit Ihnen?«, fragte Schenk plötzlich. »Auch alles okay?« Es klang besorgt.

Darauf war Karen nicht vorbereitet. »Klar«, sagte sie schnell. »Alles bestens.«

Schenk betrachtete sie einige endlose Sekunden lang prüfend, dann verabschiedete er sich und ging.

Endlich war sie allein. Wie sehr hatte sie diesen Moment herbeigesehnt. Jetzt musste sie nur noch zwei Stunden durchhalten. Zwei Stunden hoffen, dass nichts Wichtiges mehr über den Ticker kam, dass sie nicht mehr aktualisieren musste, denn sie hatte keine Kraft mehr.

Sie wählte die Nummer des Krankenhauses.

Die Nachtschwester beruhigte sie. »Jenny schläft, machen Sie sich keine Sorgen, Frau Trautmann. Sie war einfach vollkommen erschöpft. Sie hätte Ruhe gebraucht nach der Gehirnerschütterung.«

»Das weiß ich selbst!«, sagte Karen scharf.

Die Nachtschwester schwieg einen Moment, dann redete sie weiter beruhigend auf Karen ein. »Wir päppeln Jenny schon wieder auf«, sagte sie.

Karen legte wütend auf. Was bildete die blöde Kuh sich ein? Wir päppeln Jenny schon wieder auf! Sollte das heißen, sie hatte ihre Tochter vernachlässigt? Karen nahm sich vor, sich morgen beim Chefarzt über die Nachtschwester zu beschweren.

Sie griff sich die Agenturmeldungen, die der Ticker in der letzten halben Stunde ausgespuckt hatte, und blätterte sie schnell durch. *Tarifgespräche gescheitert, Nahost-Gipfel bringt keinen Durchbruch, Terroranschläge legen Bahnverkehr lahm …*

Karen überflog die letzte Meldung. In der bisherigen *Hansekurier*-Fassung war von zwei Toten die Rede, jetzt hatte sich die Zahl laut Agenturmeldung auf fünf erhöht. War das ein Grund, den Text zu aktualisieren? Oder war das ein Fall von »zu teuer«?

Sie blätterte weiter, dann schoss ein spitzer Pfeil durch ihren Magen.

Joachim Sander: Angebliche Tochter aufgetaucht.

Karen wurde mit einem Schlag übel. Widerstrebend und ungläubig las sie den Text:

Hat der kurz vor dem Ende seiner Spielerkarriere stehende Joachim Sander eine 16-jährige Tochter, die er bisher verheimlichte? Das legt ein Liebesbrief nahe, den

Sander der Mutter des Mädchens vor Jahren geschrieben haben soll. Sander und seine Frau Elena erwarten in diesen Tagen ihr erstes Kind.

Jetzt war Karen klar, weshalb sie den fehlenden Brief von Joe nicht bei Jenny gefunden hatte. Sie hatte das ganze Wochenende geschwiegen, um den gerade wiedergewonnenen Frieden nicht zu gefährden. Sie war so froh gewesen, als Jenny ihr gesagt hatte, sie wolle den Attest-Betrug gestehen und ab Montag in die neue Schule gehen. Also hatte sie zuerst ihr eigenes Zimmer nach dem Brief durchsucht. Und heute Morgen, als sie Jenny in der Schule vermutete, hatte sie ihr Zimmer auf den Kopf gestellt und war gerade dabei gewesen, alles wieder aufzuräumen, als der Anruf aus dem Krankenhaus kam. Den Brief hatte sie über Jennys Zusammenbruch völlig vergessen.

Karen spulte im Geiste die vergangenen Tage ab. Joe wohnte ihres Wissens in der Nähe des Bodensees. Jenny konnte unmöglich in der Zeit, in der sie verschwunden gewesen war, zu ihm gefahren und wieder zurückgekehrt sein. Oder steckte jemand anders dahinter? Sofort fiel ihr Marco ein. Sie hatte ihn noch nie gesehen, sie wusste nicht einmal, wie er mit Nachnamen hieß.

Das Kennzeichen! Der dicke Glatzkopf hatte ihr das Kennzeichen gegeben. Karen zog den Zeitungsschnipsel aus ihrer Brieftasche. In der Polizeiredaktion war um diese Uhrzeit niemand mehr. Aber morgen. Gleich morgen früh würde sie einen Kollegen bitten, ihr ausnahmsweise Namen und Adresse zu besorgen. Irgendjemand hatte immer einen guten Draht zur Polizei und schließlich handelte es sich um einen Notfall.

Und Jenny? Nur sie hatte von Joes Briefen gewusst. Hatte sie herausgefunden, dass ihr Vater reich war? Hatte sie ihn erpressen wollen und die Erpressung war schiefgegangen? Hatte sie diesen Marco vorgeschickt?

Karen konnte Jenny nicht fragen. Nicht, solange sie im Krankenhaus lag. Sie zerriss das Blatt mit der Sander-Meldung in viele kleine Stücke und hoffte, dass sie bei all den Katastrophenmeldungen des heutigen Tages sang- und klanglos unterging.

17

Am nächsten Morgen um 8 Uhr 23 klingelte Karens Handy. Karen war sofort hellwach. Jenny!, dachte sie panisch, sie hat einen Rückfall, es geht ihr schlechter, sie ist tot.

»Schenk«, dröhnte es bedrohlich durch die Ohrmuschel.

Karen war so erleichtert, dass es nicht das Krankenhaus war, dass sie hörbar aufatmete und fast freudig »Guten Morgen, Herr Schenk!« sagte.

»Wieso haben Sie die Meldung nicht reingenommen?«, drang es kalt durch den Hörer.

In Sekundenschnelle ratterten die Ticker-Meldungen der letzten Nacht durch Karens Kopf. Natürlich! Die fünf Toten bei der Bahn. Die hatte sie über die Sander-Meldung völlig vergessen. Sie ärgerte sich über sich selbst und wunderte sich zugleich darüber, dass Schenk es für so wichtig hielt, ob es bei dem Anschlag zwei oder fünf Tote gegeben hatte, dass er sie deswegen weckte. War nicht ein Toter schon schlimm genug?

»Ich war mir unsicher, ob das wichtig genug ist … weil es doch so teuer ist zu aktualisieren …«

»Teuer?«, brüllte Schenk. »Das können Sie in diesem Leben gar nicht mehr verdienen, was uns durch die Lappen geht, weil wir die Meldung nicht haben! Alle haben sie, nur wir nicht! Dafür werden Sie bezahlt, Mädel! Dafür sitzen Sie da, verdammt!«

Dann war er weg.

Der spinnt, dachte Karen. So musste sie sich nicht behandeln lassen. Man konnte mit ihr vernünftig über alles reden, aber brüllen und auflegen war schlicht niveaulos. Und als würde sie damit irgendetwas beweisen können, beschloss sie sich alle verfügbaren Tageszeitungen zu kaufen. Sie zog sich an und ging zum nächsten Kiosk.

Die junge Frau blickte von ihrem Taschenspiegel auf. »Handys sind hier verboten«, sagte sie spitz.

Blöde Barbiepuppe, dachte Jenny. Ihre Bettnachbarin war ihr von Anfang an unsympathisch gewesen, noch bevor sie den Mund aufgemacht hatte. Saß geschminkt und mit hochtoupierten Haaren im Bett und zog alle fünf Minuten ihre Lippen nach. Jenny beachtete sie nicht. Und sie hielt es nicht länger aus, sie musste wissen, ob Marco angerufen hatte. Vielleicht war alles nur ein großes Missverständnis, vielleicht hatte er ihr längst eine Nachricht hinterlassen und wunderte sich nun, dass sie ihn nicht zurückrief, weil er nicht wusste, dass sie im Krankenhaus lag.

»Ich ruf die Schwester!«, piepste die Bettnachbarin.

Aber Marco hatte nicht angerufen. Eine bleierne

Enttäuschung legte sich auf Jennys Herz und krallte sich mit spitzen Widerhaken in den Muskel. Warum noch aufstehen, essen, gesund werden, wenn es möglich war, dass Marco einfach verschwand. Wenn plötzlich zu Ende war, wofür noch eben die Ewigkeit galt.

Die Mailbox zeigte eine Nachricht von Tina an. Mechanisch drückte Jenny auf *Wählen*.

»Ich wollte nur sagen, ich glaub kein Wort davon, was in der Zeitung steht«, sagte Tina. »Ruf mich unbedingt an. Wo bist du denn jetzt?«

Jenny hörte die Nachricht ein zweites Mal ab.

Eine Krankenschwester kam ins Zimmer. Die Barbiepuppe zeigte auf Jenny.

»Schalte es bitte aus, solange du hier bist, ja?«, sagte die Krankenschwester freundlich.

Die Barbiepuppe lächelte siegessicher und hoffte vermutlich, dass Jenny sich wehren würde. Aber Jenny schaltete das Handy widerstandslos aus und steckte es in ihren Rucksack zurück.

»Gibt es hier irgendwo Zeitungen?«, fragte Jenny.

»Unten am Eingang ist ein kleiner Laden, aber du sollst nicht aufstehen …«

Weiter kam die Krankenschwester nicht, denn Jenny sprang aus dem Bett, schnappte sich ihren Bademantel, rannte aus dem Zimmer und lief die Treppen nach unten zum Eingang.

Ihr Blick streifte den der Frau in der Pförtnerloge. Sie überlegte, woher sie diese Frau kannte, dann entdeckte sie die dicken schwarzen Schlagzeilen am Zeitungsstand gegenüber.

Joachim Sander:
16-Jährige behauptet: »Er ist mein Vater!«
Liebesbrief aufgetaucht: Wird Sander erpresst?
Fußballidol im Zwielicht:
Verleugnet Sander seine Tochter?

Jenny zog die Zeitungen aus dem Ständer und starrte auf die Zeilen. Wieder brauchte sie lange, um die einzelnen Wörter zusammenzusetzen und den Sinn zu verstehen.

»Nur lesen und wieder zurücklegen gibt's hier nicht!«, rief eine Stimme in ihrem Rücken.

Dann stand plötzlich ihre Mutter neben ihr, nahm ihr die Zeitungen aus der Hand und steckte sie in den Ständer zurück.

»Das wollte ich nicht«, flüsterte Jenny.

»Zu spät«, sagte Karen scharf. »Wie hast du herausgefunden, wo er wohnt?«

Jenny guckte ihre Mutter entgeistert an. Ihr Kopf war von einer auf die andere Sekunde vollkommen klar. »Du hast es die ganze Zeit gewusst? Du hast gewusst, wer er ist, und hast mich belogen?«

»Ich wollte die ganze Zeit mit dir reden«, sagte Karen gepresst, dann brüllte sie: »Aber du hattest ja nichts Besseres zu tun, als Joes Briefe zu klauen und irgendein Arschloch damit loszuschicken!«

»Ich hab nichts damit zu tun!«, schrie Jenny.

»Ach nein? Dann ist der Brief wohl von ganz alleine aus meinem Zimmer geflogen! Direkt in die Hände von diesem Marco, nehm ich mal an!« Karen deutete auf eine der Schlagzeilen. »Oder wie erklärst du dir das: *Liebesbrief aufgetaucht!*«

Sie schlug Jenny mit der flachen Hand ins Gesicht. Jenny verlor das Gleichgewicht und fiel rückwärts auf den Boden. Im nächsten Moment beugte Karen sich zu Jenny hinunter und hoffte, dass nicht wahr sein möge, was sie eben getan hatte.

Ein Krankenpfleger war schneller als sie, griff Jenny unter die Arme und zog sie hoch. Er führte sie in ihr Zimmer, sprach leise mit ihr, legte sie ins Bett und deckte sie zu. Karen, die den beiden hinterherging, würdigte er keines Blickes.

Karen nahm Jennys Hand und küsste sie. »Ich wollte das nicht«, sagte sie so leise, dass es kaum zu verstehen war. »Es tut mir so leid.«

»Zu spät.« Jenny wandte den Kopf ab.

Die Bettnachbarin reckte den Hals, um besser hören zu können.

»Du weißt, dass ich dich noch nie geschlagen habe. Ich bin nur so verzweifelt, verstehst du? Ich war doch so stolz, dass wir es auch ohne sein Geld geschafft haben ...«

»Sie gehen jetzt besser«, sagte der Krankenpfleger zu Karen. »Ihre Tochter braucht Ruhe.« Er fasste Karens Unterarm und zog sie nach draußen auf den Flur.

»Rabenmutter!«, zischte die Barbie nebenan.

Karen war den Tränen nah. »Ich wollte das wirklich nicht«, sagte sie, als erhoffte sie sich vom Krankenpfleger Absolution.

»Ja, ja. Das sagen sie alle«, lächelte er spöttisch, ging zurück ins Zimmer, schloss die Tür und ließ Karen stehen.

Der Kollege aus der Polizeiredaktion konnte Karen nicht versprechen, Namen und Adresse zum Kennzeichen besorgen zu können. »Ich tue, was ich kann«, sagte er und steckte den Zeitungsschnipsel ein.

Karen fühlte sich wie der niederträchtigste Mensch auf Erden. Sie hatte nicht nur ihre Tochter geschlagen, sie hatte ihre kranke Tochter geschlagen. Vielleicht war sie selbst krank. Vielleicht stand sie kurz vor einem Nervenzusammenbruch.

Sie hatte lange mit sich gerungen. Gehörte sie nicht eigentlich ans Krankenbett ihrer Tochter, auch wenn die kein Wort mehr mit ihr sprach? Oder war es wichtiger, dafür zu sorgen, dass sie ihre Arbeit nicht verlor? Natürlich hätte man ihr wegen einer Krankmeldung nicht gekündigt, aber sie wäre ihrem cholerischen Chef sofort wieder unangenehm aufgefallen, und das musste sie vermeiden. Für Jenny. Für ihre Zukunft.

»Haben Sie schon die Kleine vom Sander gesehen?« Frau Kroll stellte, ohne zu fragen, eine Tasse Kaffee auf Karens Tisch. »Zu süß. Mit ganz schwarzen Haaren. War gleich heute Morgen im Fernsehen. Seine Frau hat die Wehen bestimmt vor lauter Schreck bekommen, als sie Zeitung gelesen hat. Da will sich eine bereichern, wenn Sie mich fragen. Wahrscheinlich durch die Mutter aufgehetzt.«

Ich frage Sie aber nicht, zischte Karen stumm. »Ich möchte keinen Kaffee«, sagte sie tonlos. »Außerdem: Vielleicht ist er ja wirklich der Vater.«

Frau Kroll machte eine wegwerfende Handbewegung. »Wer's glaubt. Aber ach, wissen Sie, ich reg mich nicht mehr auf. Mir ist das letztlich egal.« Sie nahm die Tasse Kaffee von Karens Schreibtisch und ging zu ihrem Platz zurück. »Schade nur, dass wir die Meldung heute nicht im Blatt hatten.«

Blöde Zicke, dachte Karen. Sie drehte ihren Monitor so, dass sie den Fernseher im Blick hatte. Das erste offizielle Kind von Joe wollte sie sich nicht entgehen lassen – auch wenn es wehtat.

Jenny lag mit Kopfhörern in ihrem Bett im Krankenhaus und starrte auf den Fernseher. Sie konnte Joachim Sander nicht klar erkennen, weil sie nicht aufhören konnte zu weinen. Weil sie aber lautlos weinte, konnte sie hören, was er den Reportern sagte.

»Zum hundertsten Mal: Ich kenne keine Karen! Da will sich jemand bereichern, das ist doch ganz klar. Ist ja auch kein Wunder, wenn in der Zeitung steht, was ich angeblich verdiene. Die Medien provozieren so etwas doch.«

»Dass Sie Millionär sind, ist aber nun wirklich kein Geheimnis«, warf ein Reporter verärgert ein. »Und den Medien verdanken Sie schließlich Ihre Popularität ...«

Sander fiel ihm schroff ins Wort: »Ich überziehe jeden mit Unterlassungsklagen, der in meine Privatsphäre eindringt. Ausnahmslos. Und jetzt entschuldigen Sie mich, ich habe Wichtigeres zu tun. Falls es Ihnen entgangen sein sollte: Ich habe nämlich tatsächlich eine Tochter, und die wurde heute geboren.«

Jemand hielt ein weißes Bündel mit dunklen Haaren in die Kamera.

»Wie süß!«, kreischte die Barbie im Nachbarbett.

Jetzt schluchzte Jenny laut. Die Barbie hob erschrocken ihre Kopfhörer hoch und glotzte Jenny an. Jemand nahm ihre Hand. Verschwommen erkannte sie den Krankenpfleger. Sie hatte keine Ahnung, wie lange er schon neben ihr stand. Er reichte ihr ein Glas Wasser und eine Tablette, setzte sich auf ihr Bett und hielt ihre Hand so lange, bis sie eingeschlafen war.

Karen saß an ihrem Schreibtisch und verfolgte mit größtem Widerwillen, wie sich Schenk, mindestens zehn Redakteure und allen voran Frau Kroll auf die Fotokopie des Briefes stürzten, den Joe ihr vor fast siebzehn Jahren geschrieben hatte. Laut und wichtig diskutierten ihre Kollegen die Charaktereigenschaften von Menschen mit großer runder Schrift. »Weibisch«, drang zu ihr herüber und »Wichtigtuer«, »egoistisch« und »geltungsbedürftig«.

Nein, dachte Karen, weibisch ist er nicht.

Sie rief im Krankenhaus an.

»Jenny schläft«, sagte die Nachtschwester zickig, »aber machen Sie sich keine Sorgen, Frau Trautmann, der Michi kümmert sich um sie.«

»Wer?«, fragte Karen verblüfft.

»Der Michi. Die gute Seele der Station.«

»Frau Trautmann, kennen Sie sich mit Schriften aus?«, rief Schenk ihr zu.

Karen schüttelte den Kopf und sagte der Nachtschwester, dass sie jetzt Schluss machen müsse, dass sie aber auf jeden Fall morgen Vormittag vorbeikommen werde.

»Spätestens um elf bin ich da, richten Sie Jenny das bitte aus.«

»Nur keine Hast, Frau Trautmann«, sagte die Nachtschwester spitz. »In besseren Händen kann Ihre Tochter zurzeit gar nicht sein.« Dann legte sie auf.

Morgen. Morgen würde sie sich über die Nachtschwester beim Chefarzt beschweren, beschloss Karen.

Der Kollege aus der Polizeiredaktion kam an ihren Tisch, stellte sich dicht neben sie und schob ihr einen Zettel zu.

»Ich hoffe, es nützt«, sagte er leise.

»Danke«, hauchte Karen.

Frau Kroll rückte mit Blick auf die beiden ihre Brille zurecht und lächelte.

Als Karen am nächsten Tag um zehn vor elf das Haus verließ, um zu Jenny zu fahren, traf es sie eiskalt. In dem Moment, in dem sie die Haustür öffnete, brach ein Blitzlichtgewitter über sie herein. Reporter drängten sie mit vorgehaltenen Mikrofonen zurück ins Treppenhaus und brüllten ihr Fragen entgegen.

»Sind Sie Frau Trautmann?«

»Waren Sie Sanders Geliebte?«

»Wo ist Ihre Tochter jetzt?«

»Wussten Sie von der Erpressung?«

»Wissen Sie, wer dahintersteckt?«

Karen flüchtete die Stufen hoch in den ersten Stock und hielt schützend die Arme vors Gesicht.

»Ich kenne keine Frau Trautmann! Verschwinden Sie!«, rief sie und trommelte mit den Fäusten gegen eine Wohnungstür, auf der in verschnörkelter schwarzer Schrift *Breese* stand.

»Liebling! Hilf mir! Mach auf! Hilfe!«, schrie sie auf gut Glück, und so plötzlich, wie der Spuk begonnen hatte, war er wieder vorbei. Die Reporter ließen von ihr ab und zogen sich nach und nach murrend zurück. Dann fiel die Haustür ins Schloss.

Jetzt war es still.

Karen hielt die Luft an und zählte: einundzwanzig, zweiundzwanzig, dreiundzwanzig … Sie atmete auf, ließ sich auf die Fußmatte sinken und vergrub den Kopf in den Armen.

Irgendwo im Haus wurde eine Tür leise geschlossen.

Zusammenreißen. Du musst dich zusammenreißen, Jenny wartet auf dich, sagte Karen sich stumm, aber sie war zu erschöpft, um sofort wieder aufzustehen. Diese hässliche kleine Szene schien die Kraft, die sie in den wenigen Stunden Schlaf gesammelt hatte, mit einem Schlag aufgebraucht zu haben.

Nach einer Weile zog sie sich am Türknauf hoch, strich ihren schwarzen Blazer glatt, ging die Stufen ganz langsam wieder hinunter und öffnete die Haustür einen Spalt weit. Einige Reporter standen links vorm Haus um den dicken Glatzkopf herum, der ihr glücklicherweise den Rücken zuwandte, und richteten ihre Mikrofone und Kameras auf ihn.

Karen duckte sich, ließ die Haustür leise hinter sich zuschnappen und ging schnell an den Reportern und am Glatzkopf vorbei.

»... und das Fahrrad mitten im Treppenhaus!«, schimpfte er mit ausladenden Armbewegungen.

Karen beschleunigte ihren Schritt, lief über die Straße und bog in einen kleinen Seitenweg ein.

Jenny hatte keine Uhr. Sie schaltete den Fernseher ein, denn eher hätte sie sich die Zunge abgebissen, als ihre Bettnachbarin zu fragen, wie spät es ist. Sie riskierte lieber, dass Michi mit ihr schimpfte, weil sie seiner Meinung nach zu viel fernsah. Er war ein Lichtblick, ein Trost. Er hielt ihre Hand und versorgte sie mit kleinen weißen Tabletten, die sie ruhig und gleichgültig machten.

Jenny suchte nach einem Sender mit Zeitanzeige. Um elf Uhr, hatte die Nachtschwester gesagt. Aber sie hatte es spöttisch gesagt, so als glaubte sie sowieso nicht daran, dass ihre Mutter sie besuchen würde. Sie mochte die Nachtschwester nicht.

Dann sah sie Daniel.

Was machte Daniel im Fernsehen?

Jenny griff nach den Kopfhörern. Das Kabel hatte sich am Nachttisch verwickelt. Sie zog und zerrte, doch sie bekam die Kopfhörer nicht mehr rechtzeitig frei, Daniel war vom Bildschirm wieder verschwunden.

Dann waren sie plötzlich alle da. Ihre ehemaligen Mitschüler aus Münster standen auf dem Schulhof und gaben Interviews.

Ein Bericht über meine alte Schule!, schoss es Jenny durch den Kopf. Mit einem Satz war sie aus dem Bett. Sie hockte sich neben den Nachttisch, sodass das Kabel lang genug war, und setzte die Kopfhörer auf.

Die Barbiepuppe sah von ihrer Illustrierten auf, verdrehte die Augen und schüttelte den Kopf.

»Erpressung?«, sagte ein Mädchen, das Jenny nur vom Sehen kannte. »Kann ich mir nicht vorstellen. Die sah doch immer ganz harmlos aus.«

Dann lächelte Tina in die Kamera.

Jenny ließ sich auf den Boden sinken und hoffte, dass es nicht wahr sein möge.

»Dass sie ihren Vater suchen wollte, hat sie mir gemailt. Aber dass es dieser Sander ist, hat sie nicht verraten«, lächelte Tina traurig.

»Noch ist es ja gar nicht sicher, dass er der Vater ist, aber trotzdem: Du bist doch ihre beste Freundin. Wieso hat sie dir nichts erzählt?«, fragte der Reporter.

»Keine Ahnung«, zuckte Tina seufzend die Schultern und fuhr sich mit der Hand durch das lange, glatte, aschblonde Haar. »Ich wollte sie ja auch in Hamburg besuchen, aber sie hat plötzlich abgesagt.«

»Einfach so? Ohne Grund?«, hakte der Reporter nach.

»Na ja ...«, druckste Tina und lächelte schüchtern in die Kamera, »sie hatte sich gerade verliebt und sie war immer schon sehr eifersüchtig. Aber das mit der Erpressung glaub ich auf gar keinen Fall. Dafür ist sie nicht der Typ.«

»Danke, Tina«, sagte der Reporter und guckte in die Kamera. »So weit die Vor-Ort-Reportage zum Erpressungsfall Sander. Ich gebe zurück …«

Jenny riss sich die Kopfhörer ab, stand auf, rannte ins Badezimmer und knallte die Tür hinter sich zu.

Sie bekam Schluckauf.

Wie konnte Tina nur. Wie konnte sie nur.

Sie klappte den Toilettendeckel hoch und schüttelte wutentbrannt den Ring vom Mittelfinger. Dann zog sie die Spülung.

In diesem Moment erinnerte sie sich, woher sie die Frau in der Pförtnerloge kannte. Sie war im selben Krankenhaus wie Marcos Schwester. Zimmer 315. Das war ein Zeichen. Hatte sie nicht eigentlich zu Ilka ins Krankenhaus statt in die Uni fahren wollen? Jetzt war sie also hier. Jetzt würde sie zu ihr gehen und endlich erfahren, wo Marco war.

Jenny ging ins Zimmer zurück und zog sich ihren Bademantel über.

»Luft anhalten und bis zwanzig zählen«, sagte die Barbie gelangweilt.

Jenny hickste, schlug demonstrativ die Zimmertür hinter sich zu und fuhr mit dem Fahrstuhl in den dritten Stock.

Karen rannte den langen Umweg, den sie zu ihrem Wagen nehmen musste, um den Reportern vor ihrem Haus zu entgehen. Sie rannte und wusste, dass sie es ohnehin nicht mehr schaffen würde, um elf Uhr im Krankenhaus zu sein.

Dann blieb sie abrupt stehen. Keuchend starrte sie auf die Schlagzeilen, die ihr direkt von den Ständern vor dem kleinen Laden entgegensprangen, und zog die Zeitungen heraus.

Droht Sander Vaterschaftsklage?, titelte eine Tageszeitung. *Angebliche Tochter will eine Million,* schrieb eine weitere und eine dritte fragte: *Sander: Neue Affäre am Ende seiner Karriere?*

Den Text des *Hansekuriers* hatte Karen letzte Nacht mit ihrem Chef Florian Schenk im Rücken auf den neuesten Stand gebracht. Unter der Schlagzeile *Familienglück überschattet: 16-Jährige erpresst Fußballidol!* wurde aus Joes letztem Brief zitiert: *... Sorry, aber ohne mich. Wenn Du es nicht wegmachen läßt, ist das Deine Entscheidung.*

Dieses Zitat, so hatte Schenk diktiert, sei ein deutlicher Hinweis darauf, dass Joachim Sander nicht der Verfasser des Briefes sein könne, da die ausgesprochen simple Sprache des Brieftextes ganz und gar nicht zu der gehobenen Ausdrucksweise des Ausnahmefußballers passe, die für ihn typisch sei. Um also einer Vorverurteilung des Fußballidols vorzubeugen und das junge Familienglück zu schützen, habe sich seine Zeitung in der gestrigen Ausgabe gegen die Veröffentlichung der Agenturmeldung entschieden.

Jetzt, vor dem kleinen Zeitungsladen, staunte Karen immer noch über so viel Verlogenheit. Trotzdem war sie froh darüber, dass sie ihrem Bedürfnis nicht nachgegeben hatte, unter Schenks Augen in ihre Tastatur zu kotzen. Auch das gehörte zum Profi.

Sie steckte alle Zeitungen in den Ständer zurück, handelte sich einen bösen Blick des Ladenbesitzers ein und ging weiter.

Erst jetzt bekam sie weiche Knie. Woher hatte die Presse ihre Adresse? Wie lange würde es dauern, bis man herausgefunden hatte, dass Jenny im Krankenhaus lag? Oder war man schon über sie hergefallen?

Karen nahm sich vor, gleich nach ihrem Besuch bei Jenny zu der Adresse zu fahren, die der Kollege aus der Polizeiredaktion ihr besorgt hatte. Hinter dem Kennzeichen steckte zwar ein Frauenname, aber der war immerhin ein Anhaltspunkt auf der Suche nach dem feigen Schwein, das Jenny angefahren und dann Fahrerflucht begangen hatte. Auf der Suche nach Marco.

Jenny stand vor Zimmer 315 und klopfte an die angelehnte Tür.

Sie bekam keine Antwort.

Sie klopfte erneut, dann öffnete sie die Tür ganz.

Eine Krankenschwester bezog das einzige Bett im Raum mit einem Spannlaken und guckte Jenny überrascht an.

»Liegt hier Ilka Scholz?«, fragte Jenny irritiert.

»Lag«, sagte die Krankenschwester und wandte sich wieder dem Spannlaken zu. »Sie wurde heute Morgen entlassen.«

Im ersten Moment war Jenny enttäuscht, doch gleich darauf erkannte sie die Gelegenheit. Umso besser, dachte sie nüchtern, dann werde ich zu ihr gehen und gleich meine Sachen abholen. Und vielleicht, ganz vielleicht, ist Marco da.

Als sie in ihr Zimmer zurückkam, stand das Mittagessen auf dem Nachttisch. Das bedeutete, dass es mindestens halb zwölf sein musste. Ihre Mutter war nicht gekommen, sonst hätte ihre Bettnachbarin es ihr längst erzählt. Ein Grund mehr, dachte Jenny trotzig, zog sich ihre Jeans und das Sweatshirt über den Schlafanzug, schlüpfte in ihre Turnschuhe, stopfte ihre Regenjacke in den Rucksack und ging.

»He!«, hörte sie die Bettnachbarin rufen.

Jenny ging schneller. Sie musste sich beeilen. Sie musste hier raus sein, bevor die Barbiepuppe die Schwester rief.

18

Jennys Geld reichte gerade für die U-Bahn. Sie hatte sich umständlich durchfragen müssen, bis sie wusste, welche Linie sie nehmen musste, um zu dem Hochhaus zu kommen, vor dem ihr Fahrrad stand, denn die Uni schien über die gesamte Stadt verteilt zu sein. Ein indisch aussehender Kioskbesitzer hatte sich ihre Beschreibung des Gebäudes geduldig angehört und immer wieder nachgefragt, doch erst als sie erwähnte, dass sich schon Menschen hinuntergestürzt haben sollen, wusste er, welches Hochhaus sie meinte.

Sie hatte die Schlagzeilen gelesen. Sie hatte vorm Kiosk in der U-Bahn-Station gestanden und auf die Zeitungen gestarrt. Der Kioskbesitzer hatte sie fragend angeguckt, aber was hätte sie ihm erklären sollen? So etwas passierte doch nur anderen. Die anderen standen plötzlich in der Zeitung, nicht sie und nicht er.

Die Schlagzeilen hatten Jenny an einen Krimi erinnert, den sie mit ihrer Mutter vor langer Zeit an einem Pizzaservice-Wochenende gesehen hatte. Ein junger Mann wurde zu Unrecht verdächtigt, einen berühmten Schauspieler ermordet zu haben. *Ist er der Mörder?*, stand in der Zeitung über einem Foto, das ihn mit einem Balken über den Augen zeigte. Diese fett gedruckte Frage lockte Hunderttausende Leser mehr als üblich an. Der junge Mann stand wie sie an einem Kiosk in der U-Bahn, las die Schlagzeile und stürzte sich vor den nächsten Zug. Jenny hatte das für übertrieben gehalten. »Deswegen bringt man sich doch nicht gleich um«, hatte sie zu ihrer Mutter gesagt.

Jetzt ahnte sie, wie der junge Mann sich gefühlt haben musste. Noch gab es kein Foto von ihr, aber sollte eine Zeitung es wagen, eines zu drucken, würde sie den Chefredakteur umbringen. Dafür, die Zeitung mit Klagen zu überziehen, wie ihr Erzeuger es angedroht hatte, fehlte ihr und ihrer Mutter das Geld.

Sie stieg in die U-Bahn, lehnte sich an die Rückwand der Sitzbank neben der Tür und wünschte mehr denn je, sie hätte Joes Briefe nie entdeckt und weiterleben können mit der Vorstellung, ihr Vater wäre ein berühmter Popstar, Chefdirigent, Schriftsteller, Schauspieler oder Arzt und sie selbst allein deshalb etwas Besonderes. Stattdessen war sie die Tochter eines Arschlochs.

Und Marco?

Sie hoffte, dass seine Schwester ihr sagen konnte, wo er war. Dass sie ihr erzählen würde, dass alles ein großes Missverständnis, ein großes Unglück sei. Dass man die Sander-Geschichte aus ihm herausgepresst und mit vorgehaltener Pistole die Herausgabe des Briefes erzwungen habe. Es wäre ihr in diesem Moment sogar lieber gewesen, Marco wäre bei der Verteidigung ihres Vater-Geheimnisses und des Briefes umgebracht worden, als glauben zu müssen, er habe sie nur benutzt.

Ihr Fahrrad stand noch vor dem Uni-Gebäude, aus dem man sie mit dem Krankenwagen abgeholt hatte.

Mühsam rekonstruierte Jenny den Weg zurück zu dem Haus, in dem seine Schwester Ilka wohnte. Als sie die vierspurige Straße endlich fand, fuhr sie langsamer. Was, wenn Marco tatsächlich da war? Die Vorstellung freute sie nicht, sondern ängstigte sie.

Die Haustür stand offen.

Jenny schloss ihr Fahrrad an das Verkehrsschild gegenüber dem Hauseingang und zögerte. Eine Chance noch. Eine letzte Chance wollte sie Marco geben. Sie nahm ihr Handy aus dem Rucksack und schaltete es ein. Wenn er inzwischen angerufen hatte, würde sie ihm noch eine Chance geben, ihr alles zu erklären.

Aber Marco hatte nicht angerufen.

Jenny ließ ihr Handy in den Rucksack fallen, atmete tief durch, ging ins Treppenhaus und die Stufen hinauf und klingelte zaghaft an der Wohnungstür von Ilka Scholz.

Ilka Scholz schien direkt hinter der Tür gestanden zu haben, denn sie öffnete sofort, als hätte sie jemanden erwartet. Jemanden, auf den sie sehr wütend war. Sie stützte sich auf zwei Krücken ab und war kurz irritiert, als sie Jenny vor sich sah, dann musterte sie sie düster von oben bis unten.

»Hallo, ich bin Jenny. Ich weiß nicht, ob Marco dir von mir erzählt hat …«

Ilka knallte ihr die Tür vor der Nase zu.

Jenny war im ersten Moment völlig überrascht.

Dann wurde sie wütend.

»He! Ich will meine Sachen abholen!«, rief sie und hämmerte gegen die Tür. Wieder bekam sie Schluckauf. Sie hasste sich dafür.

Ilka riss die Tür auf und fixierte Jenny finster.

»Dann bist du die kleine Schlampe, ja?«, giftete sie. Wieder musterte sie Jenny, diesmal voller Verachtung.

Jenny hatte mit allem gerechnet, aber nicht mit dieser Reaktion. »Wieso Schlampe …?«, brachte sie nur hilflos heraus.

Ilka schnaubte spöttisch. »Wie würdest du denn jemanden bezeichnen, der dir hinter deinem Rücken den Kerl wegschnappt?«

»Was … wieso …?«

»One-Night-Stand, hat er gesagt. Aber ich weiß genau, dass ihr euch öfter getroffen habt. Mir macht ihr nichts vor.«

Jenny wurde schwindelig. Sie hatte das Gefühl, als sackte der Boden unter ihr weg.

»Scheiße!«, zischte Ilka. »Was ist denn jetzt los?« Sie ließ eine Krücke fallen und packte Jennys Arm.

Jenny hielt sich am Türrahmen fest. Der frische, leicht süßliche Seifengeruch schlug ihr entgegen, den sie von Marco kannte.

»Komm schon«, seufzte Ilka genervt und zog sie in die Wohnung.

Karen war in Panik. Jenny war aus dem Krankenhaus verschwunden, niemand wusste wohin, und die Bemerkung ihrer Bettnachbarin, sie habe Jenny noch einen Tipp gegen Schluckauf gegeben, war für Karen der Beweis, dass Jenny vor Wut über ihre Verspätung abgehauen war. Aber was hätte sie tun sollen? Auf dem Handy konnte sie ihre Tochter nicht erreichen und die Nummer des Stationszimmers lag auf dem Schreibtisch im Verlag. Sie hatte nacheinander den Krankenpfleger, die Stationsschwester und den Chefarzt angebrüllt, weil sie nicht auf Jenny aufgepasst hatten, und war wieder in die Wohnung gefahren in der Hoffnung, dass Jenny nach Hause gekommen war.

Jetzt saß sie in der Küche, war ratlos und mit den Nerven am Ende. Wieder war Jenny verschwunden, wieder hatte sie das Gefühl, dass es ihre Schuld war, wieder wusste sie nicht, was sie tun sollte. Noch mal zur Polizei gehen? Weitere Schlagzeilen riskieren?

Karen wusste nicht, wie sie dahin, wo sie jetzt war, geraten konnte, aber es war schlimmer, als sie es sich jemals hätte ausmalen können. Sie hatte siebzehn Jahre umsonst voller Stolz um ihre Unabhängigkeit gekämpft, sich das Notwendigste vom Mund abgespart, jeden beschissenen Job angenommen und acht Jahre lang mit zwei verknöcherten Schreckschrauben in einer Wohnung gelebt, nur um Jenny und sich durchzubringen. Und das war jetzt das Ergebnis. Was hatte die Kroll gesagt? Da wolle sich eine bereichern, wahrscheinlich durch die Mutter aufgehetzt.

Genau danach sah es aus. Und Joe hatte es vor laufenden Kameras bestätigt. Joe, der auf für sie entwürdigende Weise erfahren hatte, dass sie damals nicht abgetrieben hatte. Der nun wusste, dass er der Vater eines sechzehnjährigen Mädchens war. Er stritt alles ab. Er verleugnete sie und seine Tochter vor der ganzen Welt. Sie hatte Lust, zu ihm zu fahren. Er sollte ihr ins Gesicht sagen, dass er sie nicht kennt. Dass er ihr nie die ewige Liebe geschworen und sie nie »mein Engel« genannt hatte. Sie hatte Lust, ihn zu verführen und dann ganz langsam umzubringen.

Einem zusammengeschrumpelten Häuflein Elend gleich saß Jenny auf einem Baststuhl am Küchentisch in Ilkas Wohnung und sagte schon lange nichts mehr. Nein, nein, nein, skandierte sie stumm, doch sosehr ihr Gehirn sich auch weigerte, das, was Ilka ihr erzählte, aufzunehmen, so klar war ihr im selben Moment, dass alles zusammenpasste. Es kam ihr vor, als würde Ilka sich die Geschichte das erste Mal von der Seele reden und als wäre es ihr dabei völlig egal, wer ihr zuhörte.

»Schwester!«, schnaubte Ilka immer wieder spöttisch.

Ich hab's ja begriffen, dachte Jenny kraftlos, du bist gar nicht seine Schwester, du bist seine Freundin, seit zwei Jahren schon, und am Anfang wart ihr schrecklich glücklich, Marco hat gar keine Schwester, er hat mich belogen, und zwar von Anfang an. Warum gehe ich nicht einfach?, fragte sie sich müde. Die Details wollte sie nicht hören. Nicht jetzt. Später vielleicht. Aber jetzt musste sie auf sich aufpassen, nach Hause gehen, eine kleine weiße Tablette nehmen, zwei, drei, vier, fünf – und schlafen.

Aber Ilka hörte nicht auf zu erzählen. Jenny erfuhr, dass der Autounfall zwei Monate zurücklag. Schon an der Kreuzung, als Jenny Marco nach seiner Fahrerflucht zur Rede stellen wollte, hatte er sie also belogen. Von Anfang an hatte er sie belogen. Wieder und immer wieder.

Es sollte ein Wochenendausflug ans Meer werden, erzählte Ilka, mit dem Auto ihres Bruders. Der erste Ausflug, nachdem Marco aus dem Gefängnis auf Bewährung entlassen worden sei. Nachdem er sechs Monate Jugendknast wegen räuberischer Erpressung hinter sich gehabt habe. Er sei so froh gewesen, endlich wieder draußen zu sein, dass er sich ohne Führerschein übermütig hinters Steuer gesetzt habe.

»Ich schwöre, ich habe ihn gewarnt. Aber er hat nur gelacht. Und mein Bruder, der Idiot ...«

»Marco hat gar keinen Führerschein?«, fragte Jenny entsetzt.

Ilka schüttelte den Kopf. Sie stellte zwei Wassergläser auf den Tisch, schenkte Jenny und sich Apfelsaft ein und nahm eine Tablette. »Thrombose«, nickte sie Jenny zu, als würde das irgendetwas erklären. Dann ließ sie sich auf den Baststuhl gegenüber fallen.

»Und du gibst ihm trotzdem dein Auto?«

»Was hätte ich denn tun können?« Ilka deutete mit dem Kopf auf ihre Beine. »Marco nimmt sich sowieso, was er braucht«, fügte sie resigniert hinzu.

»Und weiter?«

Sie habe auf dem Beifahrersitz gesessen, erzählte Ilka, ihr Bruder, ein guter alter Kumpel von Marco, auf der Rückbank. Es sei ein wunderschöner Tag gewesen, warm und sonnig, und auf der Landstraße habe es kaum Verkehr gegeben. Dann sei Marco gegen den Baum gefahren. Einfach so. Wie das passieren konnte, wisse sie bis heute nicht, aber das spiele auch keine Rolle mehr.

»Marco war nur leicht verletzt, ein paar Schrammen. Mich hat's an den Beinen erwischt.«

»Und dein Bruder?«, fragte Jenny zu ihrem eigenen Erstaunen.

Ilkas Augen füllten sich mit Tränen. »Am Anfang lebte er noch«, flüsterte sie. »Aber ich konnte mich doch nicht bewegen ...«

»Und Marco? Hat er keinen Krankenwagen gerufen?«

Ilka lachte laut auf. »Ach, du bist süß!«, sagte sie bitter.

»Er hat keinen Krankenwagen gerufen?«, fragte Jenny fassungslos.

Ilka sah Jenny aus zusammengekniffenen hellblauen Augen abschätzig an.

Jenny dachte an das Foto am Spiegelschrank im Bad. Ilkas kurze blonde Locken waren inzwischen lang gewachsen und zu einem strengen Pferdeschwanz gebunden. Die Sommersprossen fehlten ganz. Sie sah blass und müde und zornig aus.

»Doch, doch, er hat den Krankenwagen gerufen«, sagte sie höhnisch. »Aber zuerst hat er auf mich eingeredet. Ich wusste vor Schmerzen nicht wohin und er wollte mit mir diskutieren, was für ihn die beste Lösung sei, damit er nicht zurück in den Knast muss.« Sie zuckte die Schultern. »Klar, hätte man ihn in der Situation erwischt, wäre er sofort wieder drin gewesen. Mit einer Anklage wegen fahrlässiger Körperverletzung noch dazu.«

»Und dann?«, fragte Jenny leise.

»Dann war mein Bruder tot. Ich hab noch gesehen, wie Marco seinen Puls gefühlt hat, als wollte er ganz sichergehen ...« Ilka stockte und fuhr sich mit beiden Händen über das Gesicht. Sie schüttelte den Kopf. »Dann hat er meinen Bruder von der Rückbank auf den Fahrersitz gehievt und seine Hände auf das Lenkrad gelegt. Eine Hand fiel immer wieder runter ...« Sie wandte sich ab und schluchzte kurz auf.

»So ein Schwein«, flüsterte Jenny.

Ilka atmete tief durch und räusperte sich. »Jedenfalls hat er dann den Notruf auf meinem Handy gewählt und es mir vor den Mund gehalten und ist abgehauen. Ich habe irgendwas ins Handy geschrien und irgendwann waren sie da. Aber für meinen Bruder zu spät.« Ilka holte noch einmal tief Luft. »Er war sein Freund. Er könnte noch leben.«

»Und du hast nichts gesagt?«, fragte Jenny.

»Nein!«, fauchte Ilka unvermittelt. »Stell dir vor, ich habe nichts gesagt! Ich habe alles mitgemacht und die Klappe gehalten! Weil ich ihn nämlich geliebt habe, verdammte Scheiße, aber davon verstehst du nichts!«

Das ärgerte Jenny und plötzlich blitzte ein Verdacht und eine Hoffnung in ihr auf: Wer sagte denn, dass Ilka nicht log? Sie war immerhin ihre Konkurrentin. Vielleicht war die Geschichte nur Taktik, um sie loszuwerden. War es denkbar, dass eine Frau die schrecklichsten Dinge über den Mann erzählte, den sie liebte, nur um ihn ganz für sich zu haben? Ja, das war denkbar. Viel wahrscheinlicher jedenfalls als alles, was sie über Marco gehört hatte. Jenny war bereit, sofort ganz fest daran zu glauben, dass Ilka Scholz log.

Es klingelte an der Wohnungstür. Jenny und Ilka zuckten in derselben Sekunde zusammen und wie zur Bestätigung dafür, dass Ilkas Geschichte nicht stimmte, schoss das warme und weiche Prickeln wieder durch Jennys Magen.

Es klingelte erneut.

Ilka schüttelte den Kopf. »Der kommt mir nicht mehr über die Schwelle.«

»Du willst Marco nicht mehr?«, staunte Jenny.

»Ich werde eurem jungen Glück nicht im Wege stehen«, sagte Ilka ironisch lächelnd. »Er muss bis Mitternacht allerdings noch eine Schuld begleichen, danach gehört er dir. Wenn er das nicht tut, hast du Pech, dann wandert er wieder in den Knast, aber die Zeit vergeht auch.«

Schlagartig wurde Jenny der Zusammenhang klar. »Du erpresst ihn!«

»Der Scheißkerl hat mir meine Zukunft versaut!«, schrie Ilka plötzlich. »Guck mich doch an! Ich werde nie mehr tanzen können, verstehst du?« Sie vergrub das Gesicht in den Händen. »Je länger ich im Krankenhaus lag, desto klarer wurde es. ›Tanzen? Nie mehr‹, hat der Arzt gesagt. Das werde ich nie vergessen. Nie, verstehst du?«, wiederholte Ilka in weinerlichem Ton und guckte Jenny an, als wäre es ihre Schuld.

»Und dann betrügt er mich auch noch«, sagte sie so leise, dass Jenny sie kaum verstand.

»Du warst nachts in der Wohnung, stimmt's?«, fragte Jenny, obwohl sie die Antwort schon kannte.

Ilka seufzte. »Zuerst war es nur ein Verdacht, weil er sich so seltsam benahm. Ich wollte nur ein paar Sachen rausholen, Sommerkleid, Strickjacke, und was macht er? Er holt mich extra vom Krankenhaus ab und fährt am Haus vorbei. Fährt einfach vorbei und parkt irgendwo zwei Straßen weiter! Ich dachte, ich spinne. Und so hab ich mir nachts ein Taxi genommen und bin hierher. Spionieren ist nicht meine Art, ich schwör's, aber ...« Sie schüttelte spöttisch lächelnd den Kopf. »Und zuerst habe ich dich auch gar nicht gesehen. Ich dachte, ich hab mich getäuscht, da ist niemand, ich wollte mich sogar schon neben ihn legen ...« Sie lachte traurig. »Eine Sekunde lang dachte ich, die Schokoherzen sind für mich. Das hat er vor unserer ersten Nacht nämlich auch gemacht. Deshalb wusste ich auch, dass das mit dem One-Night-Stand nicht stimmt. So viel Aufwand hätte er dafür nicht betrieben.«

In Jennys Kopf tauchten zwei Gedanken gleichzeitig auf: Der Mistkerl hat mich als One-Night-Stand verkauft, und: Dann war ich also mehr für ihn.

»Bist du eigentlich schwanger?«, fragte Jenny plötzlich.

Ilka guckte sie verständnislos an. »Wie kommst du denn darauf?«

Jenny zuckte schwach die Schultern. »Bloß so.«

Die Geschichte mit der schwangeren Ex-Freundin und dass er kein Arschloch wie ihr Vater sein wollte, war also auch gelogen. Er war ein noch viel größeres.

»Ein Kind hätte mir gerade noch gefehlt«, spottete Ilka. »Mir reicht's auch so. Zukunft versauen und betrügen, das ist einfach zu viel. Dafür muss er zahlen. Die besten Ärzte, die beste Reha und natürlich Verdienstausfall.«

»Sonst gehst du zur Polizei«, sagte Jenny.

»Schlaues Mädchen.«

»Und du meinst, die glauben dir?«

»Glaubst *du* mir?«, fragte Ilka, als schlösse sie ein Nein von vornherein aus. »Siehst du. Und jetzt frage mich bitte nicht, wie der arme Marco an das Geld kommen soll. Das ist mir scheißegal.« Sie stand auf, ging in den Flur und öffnete die Wohnungstür. Jenny folgte ihr.

»Vielleicht kannst du ihm ja helfen«, sagte Ilka spöttisch.

Jenny ging an ihr vorbei ins Treppenhaus, und ehe sie noch etwas sagen konnte, flog die Tür hinter ihr zu.

Meine Sachen!, schoss es ihr durch den Kopf. Sie rief sich die Wohnung noch einmal in Erinnerung. Sie hatte den blauen Müllsack nirgends gesehen.

»He! Meine Sachen!« Jenny hämmerte gegen die Tür.

Ilka öffnete nicht.

Steinchen für Steinchen setzte sich das Bild in Jennys Kopf zusammen, ob sie es wollte oder nicht. Sie stand im dunklen Treppenhaus, in dem es wie beim ersten Mal nach Kohl stank, und sie hatte keinen Zweifel mehr daran, dass Ilkas Geschichte stimmte.

Ganz langsam stieg sie die Stufen hinunter. Die Haustür stand immer noch offen. Vielleicht hatte Marco ihr Fahrrad erkannt und wartete draußen. Marco, der die ganze Zeit eine andere hatte. Der sie betrogen und die Geschichte mit ihrem Vater auf mieseste Weise für seine Zwecke benutzt hatte. War er überhaupt jemals in sie verliebt gewesen? Sollte er ruhig draußen vor der Tür stehen. Er machte ihr keine Angst mehr.

Vor ihrem Fahrrad stand ihre Mutter und lächelte sie unsicher an.

»Was machst du denn hier?«, sagte Jenny schroff.

Karen antwortete nicht.

Jenny schloss ihr Fahrrad vom Verkehrsschild. »Glaub ja nicht, dass ich wieder ins Krankenhaus geh!«

»Die Presse hat mir vor der Tür aufgelauert, deshalb bin ich zu spät gekommen«, sagte Karen entschuldigend. »Ich würde gern mit dir reden, Jenny.

Ich möchte gern verstehen, warum das alles passiert.«

»Aber ich geh nicht zurück ins Krankenhaus«, setzte Jenny wütend nach.

»Nein! Wir gehen, wohin du willst.« Karen deutete mit dem Kopf Richtung Haustür. »Von mir aus gehen wir wieder da rein.«

»Ganz sicher nicht«, sagte Jenny düster. »Da war ich das letzte Mal.«

Sie fuhren getrennt nach Hause, Jenny mit dem Rad, Karen mit ihrem alten Fiat.

Während der kurzen Fahrt durchlebte Karen tausendfach die Angst, ihre Tochter könnte plötzlich wieder verschwinden. Vor dem Hintergrund der hässlichen Geschichte um Joe war zwischen Jenny und ihr ein Machtkampf entbrannt, und Jenny war eindeutig die Stärkere, weil sie darüber entschied, ob sie, ihre Mutter, Angst haben musste und in Panik geriet oder nicht.

Aber Jenny war da. Sie saß in der Küche und schwieg.

Karen kochte Tee, stellte Kekse auf den Tisch und überlegte, die Kerze anzuzünden, doch dann entschied sie sich dagegen. Kerzenlicht passte nicht, nicht in diese Situation.

Den ersten Becher Tee tranken sie stumm.

Karen schenkte nach.

»Liebst du ihn?«, fragte sie in die Stille.

Jenny schüttelte den Kopf. »Er ist ein Schwein.«

Dann erzählte sie ihrer Mutter die ganze Geschichte.

Karen pustete das Teelicht im Stövchen aus und sagte lange nichts.

»Und jetzt?«

»Jetzt suche ich ihn. Und dann bringe ich ihn ins Gefängnis.«

Karen umfasste ihren Teebecher mit beiden Händen und zog die Augenbrauen zusammen. Ihre Tochter hatte noch nie so entschlossen und sicher geklungen, das beeindruckte sie.

»Wart's doch erst mal ab, vielleicht erledigt diese Ilka das für dich.«

»Und wenn er das Geld zusammenkriegt? Die Zeitungen zahlen bestimmt nicht schlecht.«

Karen schüttelte den Kopf. »Glaub ich nicht.«

»Trotzdem«, beharrte Jenny. »Ich würde das gerne selbst erledigen.«

Karen nickte.

In der Nacht rief Marco an.

Das Handy klingelte zuerst in ihrem Traum. Ihre Bettnachbarin aus dem Krankenhaus stand vor ihr und zerrte an ihrem Arm, um ihr das Handy zu entreißen, aber sie trat mit beiden Beinen so fest zu, dass die Frau kreischend rückwärts zu Boden fiel.

Dann wurde Jenny wach. Sie brauchte einige Sekunden, um zu begreifen, dass ihr Handy tatsächlich klingelte. Das Blinken bei jedem Klingeln drang schwach aus ihrem offenen Rucksack in ihr stockdunkles Zimmer.

Sie sprang benommen aus dem Bett, stolperte zum Rucksack, hatte das Handy mit einem Griff hervorgeholt und starrte auf die Telefonnummer. Dann ging sie ran.

Marco weinte. »Jenny? Jenny, sag doch was! Bitte! Hier ist Marco. Bitte sag was! Jenny? Bist du da? Jenny ...« Das letzte »Jenny« ging im Schluchzen unter.

Er lügt, dachte Jenny.

»Jenny, ich flehe dich an, wenn du da bist ... bitte! Ich weiß, ich hab Scheiße gebaut ... bitte, wenn du noch ein winzig kleines bisschen für mich fühlst, hilf mir, Jenny, bitte komm. Du musst mir helfen ...«

Dann weinte er wieder. Es klang herzzerreißend, Jenny konnte es kaum ertragen. Er lügt, sagte sie sich erneut, aber das Weinen klang echt. Er weinte wirklich.

Plötzlich war er weg. Jenny wusste nicht, ob er aufgelegt hatte oder aus welchen Gründen sonst die Verbindung unterbrochen worden war. Sie guckte einige Sekunden lang regungslos auf ihr Handy, dann zog sie sich Jeans und Sweatshirt über den Schlafanzug, schlüpfte in ihre Turnschuhe und schlich aus der Wohnung.

19

In Ilkas Wohnung brannte Licht. Die Haustür stand immer noch offen. Jenny lehnte ihr Fahrrad an das Verkehrsschild, rannte ins Treppenhaus und die Stufen hinauf. Dann hielt sie inne.

Die Wohnungstür war angelehnt. Rechnete Marco mit ihr? War sie versehentlich nicht geschlossen worden mitten in der Nacht?

Jenny schob die Tür vorsichtig auf.

Sie hörte ein leises Wimmern. Der Flur war dunkel. Durch die Glastür zum einzigen Zimmer drang schwaches Licht.

Wie ein Einbrecher schlich Jenny auf Zehenspitzen in den Flur und öffnete die Tür einen Spalt weit. Die Halogenlampe an der Küchenzeile brannte und beleuchtete den hinteren Teil des Raumes nur spärlich.

Marco saß zusammengesunken und mit hängendem Kopf am Bettende mit einer Krücke in der Hand und schluchzte. Seine Schultern, Arme und Hände zuckten im Weinkrampf.

Vor ihm auf dem Boden lag Ilka und rührte sich nicht.

»Marco?«, sagte Jenny leise.

»Sie ... ist ... tot ...«, schluchzte Marco. »Ich ... ich wollte das nicht. Ich ... wollte das nicht«, stieß er mit seltsam heller, spitzer Stimme aus, ohne Jenny anzusehen.

Jenny trat langsam an Ilka heran und blieb neben ihrem Kopf stehen. Ilka lag halb auf dem Bauch auf der zweiten Krücke, ein Bein weit abgewinkelt. Mit einer Hand umklammerte sie ein Handy. Das Blut an ihrer Stirn und auf dem Boden war seltsam hell. Das wäre in keinem Fernsehkrimi durchgegangen, dachte Jenny, ohne wirklich zu begreifen, was sie sah. Wie konnte die Frau, mit der sie vor wenigen Stunden geredet hatte, an deren Tisch sie gesessen und deren Apfelsaft sie getrunken hatte und auf die sie wütend war, tot sein?

»Ich hab dich schrecklich belogen«, brachte Marco stakkatoartig hervor, ohne sie anzusehen. »Ich hab ganz schreckliche Sachen gemacht. Aber ich schwöre, ich wollte das alles nicht. Glaubst du mir das?«

Jenny reagierte nicht. Mit einer Mischung aus Faszination und Entsetzen starrte sie auf Ilkas Stirn.

»Ich hab in meinem ganzen Leben noch nie so viel Scheiße gebaut. Ich hab eine so süße und schöne Frau belogen und hintergangen. Dabei hab ich keine andere je so geliebt.« Marco schniefte und wischte sich mit dem Handrücken die Nase ab.

Da waren sie wieder, die Zauberwörter, und prickelten und lenkten Jennys Blick auf Marco. Er guckte sie mit traurigen Augen an. In diese traurigen Augen hatte sie sich verliebt.

Sie nahm ihm die Krücke aus der Hand und ging zur Küchenzeile. Sie durchsuchte die Schubladen, fand ein Geschirrhandtuch und wischte die Krücke sorgfältig ab.

»Es war Notwehr«, sagte sie wie zu sich selbst.

Sie befeuchtete eine Ecke des Handtuchs und entfernte das Blut, das am unteren Ende der Krücke klebte. Ihr Blick fiel auf den Wasserhahn. Sie wischte ihn ebenfalls gründlich ab.

»Ganz klar Notwehr. Sie ist mit der Krücke auf dich losgegangen, hab ich Recht?«

Sie wischte über die Griffe der Küchenschränke und wusch den Becher ab, der in der Spüle stand.

»Sie hat dich erpresst. Sie hat es mir selbst erzählt.«

Sie ging aus dem Zimmer ins Bad, putzte die Türklinken, die Armaturen am Waschbecken und in der Dusche, wischte den Toilettenspülknopf ab und Marcos Rasierwasserflasche. Und die ganze Zeit hielt sie die Krücke in der Hand.

»Sie hat dich erpresst, du hast das Geld nicht rechtzeitig zusammenbekommen, dann ist sie auf dich los und du musstest dich wehren.« Sie ging ins Zimmer zurück. »Du kannst nichts dafür. Und wenn du willst, bezeuge ich das. Marco?«

Aber Marco war weg.

Wieder erfasste sie die Situation nicht sofort, wieder stand sie einfach nur da, mitten im Raum, die Krücke in der einen, das Tuch in der anderen Hand und zu ihren Füßen die tote Ilka Scholz. Selbst als die Sirenen sich näherten, ganz nah waren und plötzlich verstummten, brachte sie das in keinerlei Zusammenhang mit ihrer Situation.

Sie hörte Schritte in ihrem Rücken. Da bist du ja, dachte sie und drehte sich um, aber es war nicht Marco, es waren zwei Polizisten, die sich ihr langsam näherten. Einer der beiden lächelte sogar, ganz vorsichtig und so, als würde er sich vor ihr fürchten. Er nahm ihr die Krücke aus der Hand, der andere legte ihr Handschellen an. Im Krimi brüllen die immer in solchen Situationen, schoss es Jenny durch den Kopf, und auch wenn sie noch nicht sicher wusste, was vor sich ging, so hatte sie keinen Zweifel daran, dass sich der Irrtum sofort wieder aufklärte.

Der Polizist mit der Krücke rief einen Krankenwagen und die Spurensicherung. Dann wurde sie mit sanftem Druck aus der Wohnung nach draußen geführt.

Vorm Haus blieb sie abrupt stehen.

»Mein Fahrrad!«, rief sie empört. »Mein Fahrrad ist geklaut!«

»Ich glaube, das ist im Moment nicht so wichtig«, sagte der mit den Handschellen.

Man hatte Karen noch in der Nacht aufs Polizeipräsidium bestellt. Alles hatte sie sich auf dem Weg dorthin ausgemalt: dass Jenny wieder abgehauen war, um sich mit diesem Marco zu treffen und nun in üble Geschäfte verwickelt war, dass man sie beim Klauen erwischt oder betrunken aufgegriffen hatte, alles – nur nicht, dass ihre Tochter unter dem Verdacht der gefährlichen Körperverletzung stand. »Noch«, hatte dieser Kommissar Völzow gesagt und dabei fast gelangweilt geklungen. »Wenn die Frau stirbt, müssen wir von Totschlag oder Mord ausgehen.« Karen hatte kurz und schrill gelacht. Das war wider den gesunden Menschenverstand. Das war absurd. Natürlich wusste sie, dass man es einem Menschen nicht ansah, ob er ein Mörder war, aber ihrer Tochter sah man an, dass sie niemanden umbrachte.

Sie hatte mit Jenny sprechen wollen, doch alles, was man ihr gegönnt hatte, war eine kurze Umarmung. Dann hatte man sie auf später vertröstet und verhört. Jenny hatte elend und traurig ausgesehen. Bitte nimm mich mit!, hatte ihr Blick gesagt, und das hatte sie mitten ins Herz getroffen. Was immer ihre Tochter getan hatte: Es konnte nicht so schlimm sein, dass man sie dafür wie eine Schwerverbrecherin einsperrte. Das Ganze musste ein Irrtum sein. Jetzt, da ohnehin alles zu spät und sie als rachsüchtige Mutter mit geldgeiler Tochter geoutet war, konnte sie Joe auch ebenso gut anrufen. Jenny sollte den besten Anwalt bekommen. Das war das Mindeste, was er für seine Tochter tun konnte.

Völzow hatte sie nach Problemen mit ihrer Tochter gefragt. Karen hatte das weit von sich gewiesen. Sie habe keine Probleme mit ihrer Tochter, hatte sie ihm gesagt. Im Gegenteil, sie sei sehr stolz auf Jenny, es gehe ihnen hervorragend, und dann hatte sie wie zur Bestätigung von ihrer neuen Stelle als Schlussredakteurin erzählt.

Damit, dass Polizeibeamte noch in der Nacht Jennys Zimmer durchsuchen und ihr Handy und Notebook mitnehmen würden, hatte Karen nicht gerechnet. Wenn Jenny auch nur einen Bruchteil dessen, was in den letzten Tagen passiert war, Tina gemailt hatte, wäre sie als Lügnerin überführt.

Selbstverständlich galt für Karen weiterhin, sich nichts anmerken zu lassen. Niemand im Verlag sollte erfahren, dass ihre Tochter im Gefängnis saß, denn auch wenn alles ein großer Irrtum war, blieb immer etwas hängen. Das war ein Phänomen und funktionierte garantiert.

Und damit das nicht passierte, musste *sie* weiterhin gut funktionieren. Jenny würde den besten Anwalt bekommen und in ein, zwei Wochen schon wäre der Spuk vorbei. Dann würden sie noch mal durchstarten und ganz von vorne anfangen. Hauptsache, sie behielt ihre Arbeit im Verlag.

Karen, die davon überzeugt war, dass ein hübsches Äußeres besonders in Krisenzeiten ganz entscheidend beim Durchhalten half, überschminkte, so gut es ging, ihre Augenränder, kleidete und frisierte sich sorgfältig und probte vorm Spiegel zu lächeln.

Diese Vorbereitung schien ihre Wirkung auch tatsächlich nicht zu verfehlen. Die Kollegen aus der Nachrichten-, Politik- und Polizeiredaktion gingen freundlich grüßend an ihr vorbei, der Fotoredakteur lächelte ihr zu und sogar Frau Kroll begegnete ihr mit einem gewissen Respekt und hielt Abstand.

»Käffchen? Oder heute lieber nicht?«

»Gern«, antwortete Karen und war völlig verblüfft, als Frau Kroll ihr einen Unterteller mit Keksen hinstellte. »Danke!«, sagte sie eine Spur zu laut.

»Haben Sie schon gehört?« Frau Kroll dämpfte ihre Stimme verschwörerisch. »Da steht ein Mädchen aus Münster unter Mordverdacht. Sie kommen doch auch aus Münster.«

Karen bemühte sich weiterzulächeln. »Und? Stehe ich jetzt auch unter Mordverdacht?«

Frau Kroll lachte laut auf. »Ganz schön schlagfertig! Hätte ich gar nicht gedacht!«

»Außerdem«, konnte Karen sich nicht verkneifen, »steht das Mädchen gar nicht unter Mordverdacht, denn die Frau ist ja gar nicht tot.«

Jetzt glotzte die Kroll. »Ach«, sagte sie, ohne ihren dümmlichen Blick von Karen zu wenden. »Das ist aber sehr interessant. Wissen Sie sonst noch was?«

»Nein«, sagte Karen scharf und wandte sich wieder ihrem Monitor zu.

Frau Kroll drehte sich um und ging zu ihrem Schreibtisch zurück.

Schreckschraube, dachte Karen. Was sollte das? Wusste die Kroll was? Oder war das Zufall, dass sie sie bei tausend Katastrophen am Tag ausgerechnet auf diese ansprach?

Ja, das war Zufall, entschied Karen. Sie war zu empfindlich, sah und hörte hinter allem eine Gefahr. Sie durfte sich nicht ablenken lassen. Sie musste sich auf ihre Arbeit konzentrieren, auch wenn es schwerfiel und die Sander-Geschichte sie auf Schritt und Tritt verfolgte. Die Berichterstattung über seine

Vaterschaft und die Erpressung war in der morgigen Ausgabe des *Hansekuriers* zwar weit nach hinten unter »Vermischtes« gerutscht, aber die Geschichte war immer präsent. Karen erwischte sich dabei, dass sie auf einen noch prominenteren Menschen mit noch dunkleren Seiten hoffte, der Sander und damit Jenny und sie aus den Medien verdrängte.

Doch schon beim nächsten Text, den sie anklickte, um ihn zu korrigieren, wurde diese Hoffnung zunichtegemacht. Unter der Schlagzeile *Sander lehnt Gentest ab* prangte ein Foto von Jenny. Es zeigte sie mit Tina auf einer Klassenreise vor fünf Jahren, ausgerechnet nach Hamburg. Die beiden lächelten Arm in Arm vorm Rathaus in die Kamera. Auch damals hatte Jenny elend ausgesehen, das war Karen vorher nie aufgefallen, und ihr Lächeln wirkte verkrampft. Das Foto musste von Tina stammen, sie musste es den Journalisten gegeben haben.

»Kleine Teufelin«, zischte Karen, »wart's ab!«

In der Bildunterschrift stand: *Die damals Elfjährige (links) mit einer Freundin beim Hamburg-Ausflug. Steckt sie auch hinter der Erpressung?*

Wieso *auch*?, dachte Karen wütend. Sie löschte das Wort »links« und schrieb stattdessen »rechts« in die Klammern. Es war nur eine kleine Rache, die sie an Tina nehmen konnte, aber immerhin. So, hoffte Karen, würde man wenigstens nicht über Jenny, sondern über Tina auf der Straße herfallen. Und davon, dass man Jenny jede Minute wieder in die Freiheit entließ, war Karen überzeugt.

»Haben Sie einen kleinen Moment Zeit für

mich?« Schenk stand plötzlich neben ihr. Er lächelte knapp und nickte ihr zu. »In meinem Büro?«

Er sprach leise, aber seine Stimme war im gesamten Großraumbüro deutlich zu vernehmen.

Karen war irritiert, denn ihre Kollegen schienen plötzlich wie auf Kommando stumm geworden zu sein. Und alle Blicke richteten sich auf sie. Nein, das bildete sie sich nicht ein.

Schenk ging, die Blicke wandten sich wieder ab und die Geräusche kamen zurück.

Karen wartete einige Minuten, bevor sie ihm ins Büro folgte. Was immer passiert, sprach sie sich Mut zu: Du bist stark, du bist gut, du bist Profi. Und die können dich alle mal.

»Setzen Sie sich, Frau Trautmann«, sagte Schenk jovial. Er lehnte sich in seinem schwarzen ledernen Schreibtischstuhl zurück und lächelte Karen aufmunternd an. »Wie geht es Ihnen?«

Karen setzte sich auf den ebenfalls ledernen, etwas weniger ausladenden Stuhl gegenüber und lächelte ihr Spiegellächeln. »Oh, danke. Wunderbar.«

Schenk lehnte sich vor und guckte ihr in die Augen. »Wirklich?«, fragte er besorgt.

Was wollte er von ihr? Was wusste er? Karen rutschte unbehaglich auf dem Stuhl nach vorn und verschränkte die Arme.

»Nehmen Sie es mir nicht übel, liebe Frau Trautmann, wenn ich mir diese Bemerkung erlaube, aber Ihre Augenringe sagen etwas anderes.«

»Ach was!« Karen machte eine wegwerfende Handbewegung. »Das ist nur die Umstellung. Ich habe sonst tagsüber gearbeitet. Das vergeht.«

»Sie haben Schwierigkeiten, Frau Trautmann«, sagte Schenk ernst. »Große Schwierigkeiten. Sie müssen mir nichts vormachen.«

Karen war vollkommen überrascht. »Schwierigkeiten?«, lachte sie eine Spur zu grell. »Was meinen Sie?«

Schenk lehnte sich wieder zurück und legte ein Bein über das andere. »Sehen Sie, Frau Trautmann, auch dafür bin ich Chef, dass ich so was weiß. Sie haben Schwierigkeiten zu Hause und ich frage mich: Warum haben Sie nichts gesagt?«

Karen wurde flau im Magen. Durchhalten!, sagte sie sich, aber es wollte ihr nicht mehr gelingen. »Woher … woher wissen Sie …«, stotterte sie unglücklich.

»Das ist doch völlig egal«, schüttelte Schenk verärgert den Kopf, dann lächelte er wieder. »Ich frage mich nur, wieso Sie sich nicht einfach krankgemeldet haben, verstehen Sie? Das wäre doch das Natürlichste der Welt gewesen! Jeder hätte dafür Verständnis gehabt. Wenn eine Festanstellung einen Vorteil hat, dann diesen, Probezeit hin oder her. Stattdessen machen Sie sich kaputt.«

Karen sank tiefer in den Stuhl. Sie hatte sich tagelang zusammengerissen, die Klappe gehalten, die Verlogenheit geschluckt und Überstunden gemacht. Und jetzt das.

»Wissen Sie, was ich glaube? Ich glaube, Sie brauchen ein bisschen Ruhe. Abstand von allem. Mehr Zeit für Ihre Tochter, wenn das geht, na ja ...« Er lächelte mitleidig.

Er wusste es! Er wusste alles. Woher?

»Wir sind hier eben bei der Zeitung«, beantwortete er die Frage gleich selbst. »Wenn uns da was entgeht, dann sind wir nicht gut. Und wenn ich ganz ehrlich sein darf: Ich habe den Eindruck, dass Sie momentan überfordert sind mit Ihrer Arbeit. Überlegen Sie sich, ob Sie nicht lieber eine Weile ausspannen wollen.«

Wieder nickte er ihr aufmunternd zu und stand auf. Das Gespräch war beendet.

Karen war wie benommen, als sie zu ihrem Platz zurückging. Von ferne, als wäre sie in Watte gepackt, hörte sie das Stimmengewirr, die Drucker, das Türenklappen, den Fernseher, den Ticker neben sich. Als gehörte sie schon nicht mehr dazu. Sie war geschockt. Wollte Schenk sie loswerden? Hatte er ihr gerade gekündigt?

Frau Kroll legte die ausgedruckte Seite eins auf ihren Tisch. »Lesen Sie schnell, die Seite muss weg!«

Frau Kroll ging.

Karen las: *Fall Sander immer dubioser: Wollte angebliche Tochter ihre Konkurrentin umbringen?*

Karen suchte mit zitternder Hand nach ihrer Tasche, stand langsam auf, hielt sich einige Sekunden lang am Schreibtisch fest, ging zu Frau Kroll und meldete sich krank.

Der nächste Tag war mit dreiundzwanzig Grad schon sommerlich warm. Sander entschied sich deshalb für die italienische Südwestterrasse, die erst kürzlich mit neuen Terrakottafliesen versehen worden war.

Er war zufrieden. Das Grundstück mit dem Teich gehörte nun auch endlich ihm. Er hatte es von dem Geld der letzten gewonnenen Klage wegen übler Nachrede gekauft. Grundstücke und Häuser kaufte er grundsätzlich nur von diesem Geld und nicht von seinen Fußballgagen, damit er immer vor Augen hatte, was die Stunden des Ärgerns eingebracht hatten, und seine Seele keinen Schaden nahm.

Er liebte diese Stunde, in der er für niemanden zu sprechen war. In der er die Zeitungen in Ruhe nach lukrativen Verleumdungen durchforsten konnte. Besonders die letzten Tage würden ihm so viel einbringen, dass ihm bald das ganze Areal gehörte bis hinunter zum Bodensee.

Dann entdeckte er das Foto.

Die damals Elfjährige (rechts) mit einer Freundin beim Hamburg-Ausflug. Steckt sie auch hinter der Erpressung?, stand darunter.

Er guckte sich das Foto sehr genau an und schüttelte den Kopf. Das war nun wirklich der Beweis, dass er nicht der Vater sein konnte. Dieses grobschlächtige, dümmlich lächelnde Ding konnte unmöglich seine Tochter sein. Und mit Karen hatte das Mädchen ebenfalls überhaupt keine Ähnlichkeit. Im Gegensatz zu dem hübschen, zarten Wesen daneben, aber in der Bildunterschrift stand eindeutig »rechts«.

»Entschuldigen Sie, Herr Sander …«

»Was?«, fauchte Sander und fuhr herum.

»Es tut mir leid, Sie zu stören«, sagte sein Sekretär schuldbewusst, »aber da möchte Sie jemand sprechen. Eine Frau, die sich nicht abwimmeln lässt. Sie hat damit gedroht …«

»Gedroht?«, wütete Sander. »Ab in den Teich mit ihr, worauf wartet ihr noch?«

»Hallo, Joe.« Karen zwängte sich am Sekretär vorbei. »Du möchtest mit mir baden gehen? Gern, warum nicht.«

Sander starrte sie fassungslos an und bekam Schluckauf.

Karen schüttelte den Kopf. »Du musst nicht wütend werden. Es reicht, wenn ich es bin.«

20

»Ilka Scholz ist aufgewacht«, strahlte Herr Schlichtegroll, als wäre das sein Verdienst.

Jenny kniff die Augen zusammen und guckte ihn ungläubig an.

»Auf-ge-wacht! Und weißt du, was sie gesagt hat?«

»Was?«

»Rate!«, grinste Herr Schlichtegroll breit.

Wieso siezte er sie nicht mehr? Hieß das, dass er sie nicht mehr für eine Mörderin hielt?

»Marco war's«, sagte Jenny ohne Euphorie.

»Ja!«, rief Herr Schlichtegroll freudig und klatschte in die Hände.

»Hab ich doch gesagt«, zuckte Jenny müde die Schultern.

Herr Schlichtegroll schüttelte verwundert den Kopf. »Freust du dich denn gar nicht? Du bist frei!«

Jenny konnte es sich selbst nicht erklären, dass sie keinen Freudensprung machte und nicht sofort aus der Zelle stürmte. Sie saß einfach da.

»Und es gibt noch eine gute Nachricht: Dein Fahrrad ist wieder aufgetaucht.«

Jetzt sprang Jenny vom Metallbett. »Echt? Und wo war's?«

»Na endlich ein kleines Lächeln«, sagte Schlichtegroll und strich ihr über den Kopf. »Man hat es am Flughafen gefunden, vorm Abflugterminal. Ein Wunder, dass es niemand geklaut hat, was?«

Jenny nickte.

»Und jetzt pack schnell deine Sachen, deine Mutter wartet auf dich.«

»Welche Sachen?«, fragte Jenny verständnislos.

Herr Schlichtegroll sah sich irritiert um. »Ach ja! Ha, ha!«, lachte er. »Kleiner Scherz.«

21

Der Schlussredakteur, der Karen vertrat, fügte das fehlende »i« in »Verdächtiger« ein. Dann las er den Text ganz:

Wende im Fall Sander. Verdächtiger in Haft – Offenbar durch einen gezielten Hinweis konnte die Polizei auf Gran Canaria einen 18-Jährigen festnehmen, der verdächtigt wird, eine Schlüsselrolle im Fall des erpressten Fußballprofis Joachim Sander zu spielen. Zuvor war erstmals das Opfer des brutalen Überfalls in Hamburg, der im Zusammenhang mit der Erpressung stehen soll (wir berichteten), von der Polizei vernommen worden. Die am vergangenen Donnerstag schwer verletzt in ihrer Wohnung in Bahrenfeld aufgefundene Ilka S. sagte bei ihrer Vernehmung aus, ihr Freund, der jetzt festgenommene Marco N., habe sie niedergeschlagen. N. war bis zu seiner Festnahme gestern spurlos verschwunden. Eine wesentliche Rolle bei dem Fahndungserfolg hat Polizeiangaben zufolge ein Fahrrad gespielt, das der 16-jährigen Jenny T. gehören soll, die als angebliche Sander-Tochter und zunächst Tatverdächtige in die Schlagzeilen geraten war. Das Fahrrad war gestern am Hamburger Flughafen gefunden worden.

Weder das Mädchen noch ihre Mutter waren zu einer Stellungnahme bereit.

»Vielleicht haben Sie Glück und die Trautmann kommt gar nicht wieder«, sagte Frau Kroll und stellte eine Kaffeetasse neben den Monitor. »Denn ganz unter uns: Irgendwas ist an solchen Geschichten immer dran.«

Der Schlussredakteur lächelte vorsichtig.

Frau Kroll seufzte und rückte ihre Brille zurecht. »Aber ach, wissen Sie, ich reg mich nicht mehr auf. Mir ist das letztlich egal.«

Nachtrag

Jenny und Karen haben die folgenden drei Wochen bei ihrer Tante in der Schweiz verbracht. Karen überlegt, ein Stellenangebot als Schlussredakteurin bei einer deutschsprachigen Schweizer Tageszeitung anzunehmen. Jenny geht die Sprache auf die Nerven.